御子柴亮真と
言う人物を男性として
意識している女は多い。
RECORD OF WORTENIA WAR
ウォルテニア戦記

御子柴亮真は、背後に立ち並ぶ
三人へと視線を向ける。
「本番はこれからですからね」

騎士の体の側面に
己の体を滑り込ませながら、
亮真は騎士の顎と
下唇の間にある下昆へと
拳を叩き込む。

口絵・本文イラスト　ｂｏｂ

CONTENTS

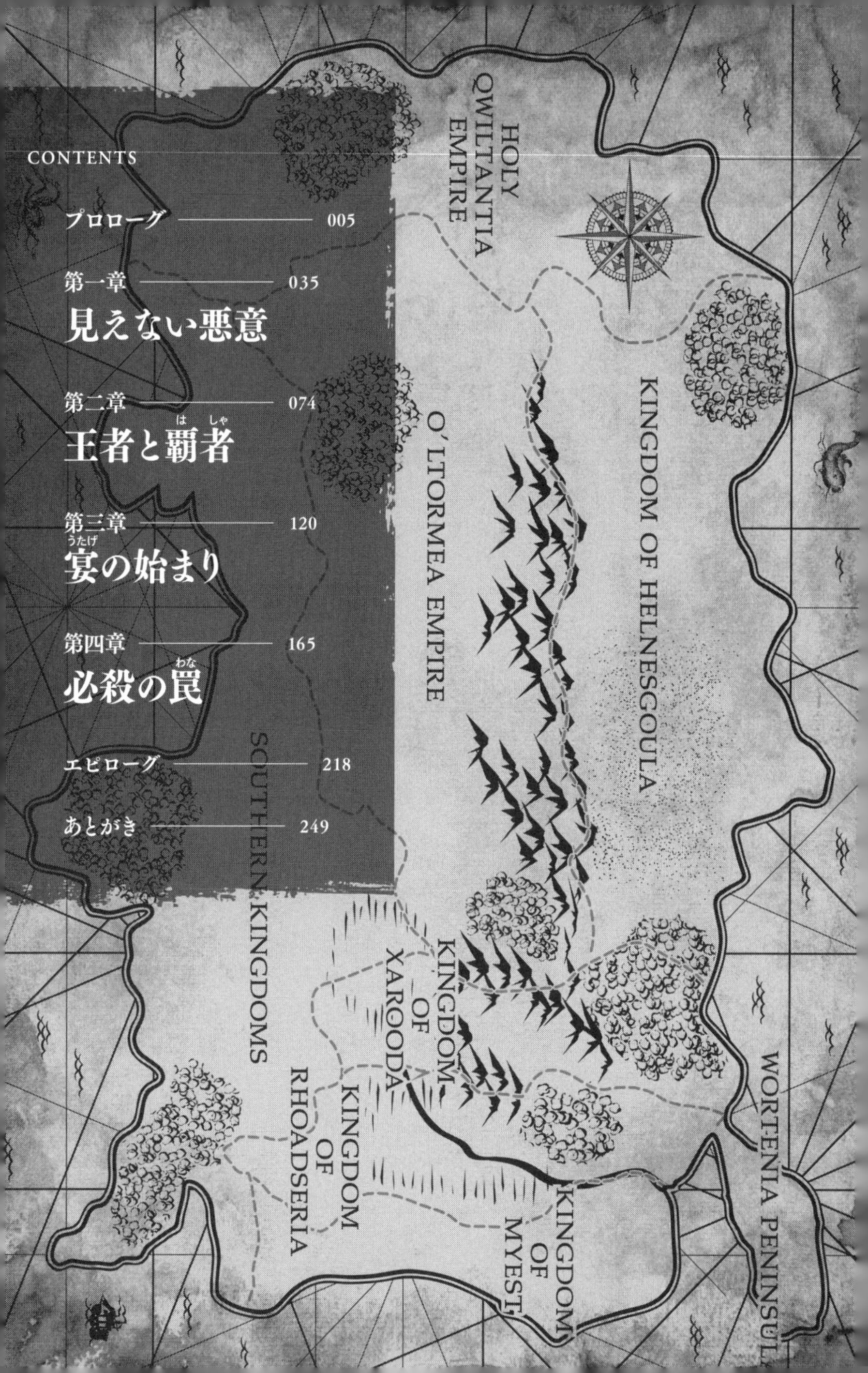

HOLY QWILTANTIA EMPIRE
KINGDOM OF HELNESGOULA
O'LTORMEA EMPIRE
SOUTHERN KINGDOMS
KINGDOM OF XAROODA
KINGDOM OF RHOADSERIA
KINGDOM OF MYEST
WORTENIA PENINSULA

WORLD MAP of 《RECORD OF WORTENIA WAR》

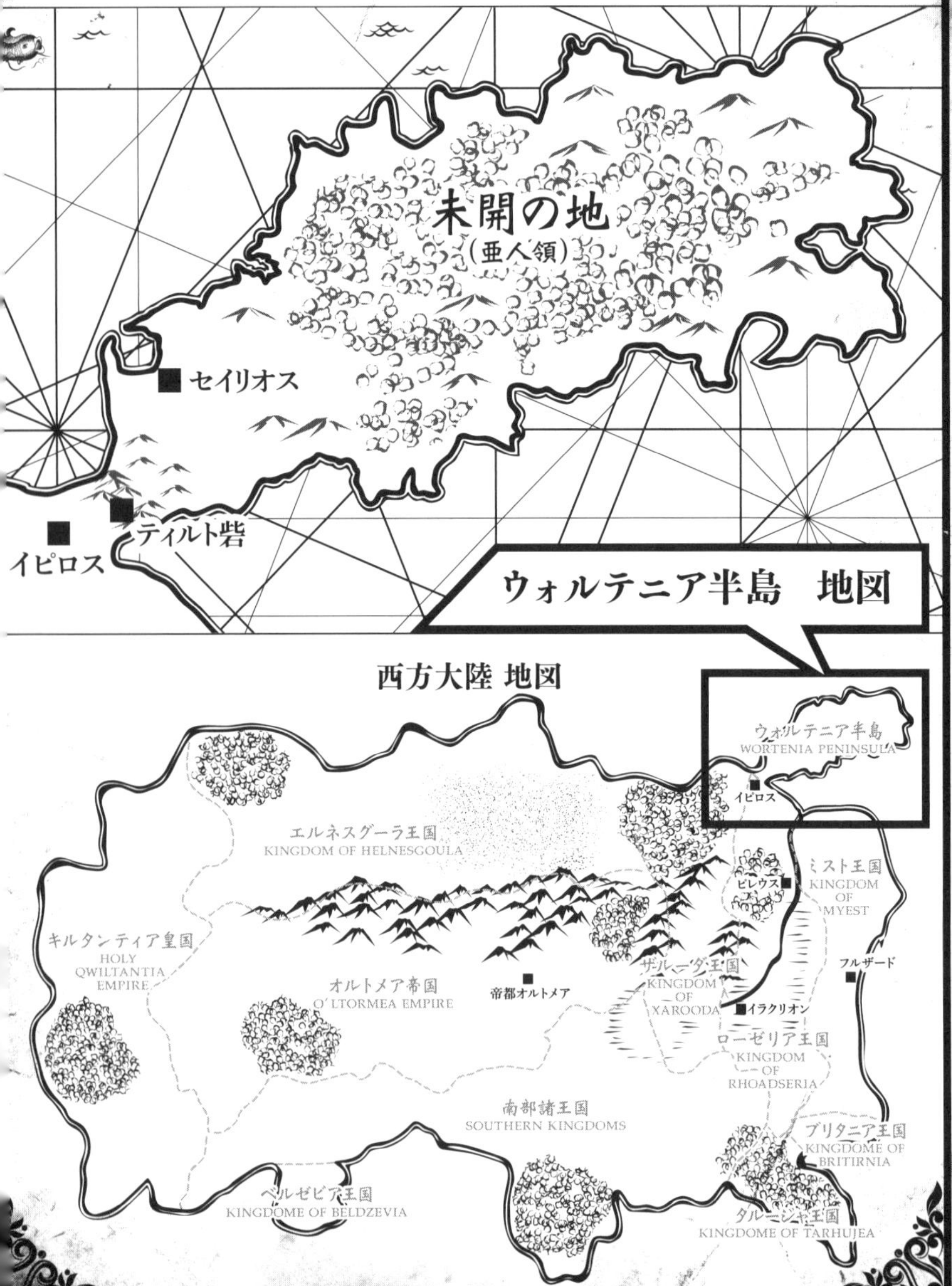

未開の地
(亜人領)
セイリオス
ティルト砦
イピロス
ウォルテニア半島　地図
西方大陸 地図
ウォルテニア半島
WORTENIA PENINSULA
イピロス
エルネスグーラ王国
KINGDOM OF HELNESGOULA
ピレウス
ミスト王国
KINGDOM OF MYEST
キルタンティア皇国
HOLY QWILTANTIA EMPIRE
オルトメア帝国
O´LTORMEA EMPIRE
帝都オルトメア
ザルーダ王国
KINGDOM OF XAROODA
イラクリオン
フルザード
ローゼリア王国
KINGDOM OF RHOADSERIA
南部諸王国
SOUTHERN KINGDOMS
ブリタニア王国
KINGDOME OF BRITIRNIA
ベルゼビア王国
KINGDOME OF BELDZEVIA
タルージャ王国
KINGDOME OF TARHUJEA

プロローグ

真っ白な雲が北の山脈に覆《おお》いかぶさっていた。

陽《ひ》の光は雲の間から燦燦《さんさん》と森の木々を照らしている。

暖かい風が木の葉を揺《ゆ》らし、水の流れるせせらぎが耳に心地《ここち》よい。

豊かな自然。

それは、この土地を訪《おとず》れる人間を迎《むか》え入《い》れてくれる。

時に厳しく、そして時に優《やさ》しく……

どちらの顔を見る事になるかは、まさに運次第《うんしだい》と言ったところだろうか。

だが、それはもう過去の事になってしまっている。

道の左右には結界柱が立ち並んでおり、怪物達《かいぶつたち》の襲撃《しゅうげき》から旅人を守っているのだから。

(久しぶりの帰還《きかん》……この辺りも随分《ずいぶん》と変わったわね……)

どことなく故郷へ戻《もど》った様な感覚が胸の奥《おく》に沸《わ》き上《あ》がってくるのを感じ、ディルフィーナは自嘲気味《じちょうぎみ》に笑う。

それは、記憶《きおく》の中と異なる現実に対しての哀愁《あいしゅう》だろうか。

森の木々を伐採《ばっさい》して作られた街道《かいどう》には、石畳《いしだたみ》が敷《し》かれている。

その道は、ウォルテニア半島の新たなる中心地として拡張され続けているセイリオスの街から真っすぐに村へと続いていた。

先ほども、セイリオスの街へと向かう荷馬車とすれ違《ちが》ったばかりだ。

以前であれば、森の中を歩くには最大限の警戒《けいかい》をしながらでなければ歩けなかった。

茂《しげ》みの奥から、怪物《かいぶつ》が突然《とつぜん》襲《おそ》い掛《か》かってくる事もあるのだから。

だが、今は違う。

絶対に安全だとは言い切れないのは確かだが、結界柱の存在によりかなりの安全性を保証されているのだ。

周囲の景色を眺《なが》め、昔を懐《なつ》かしむ程度の余裕《よゆう》はあった。

(あれほどこの魔境《まきょう》を嫌《きら》っていた筈《はず》なのに……今では物悲しくすら感じるなんて、感情とは面《おも》白《しろ》い物ね)

つい数年前までは、想像すらしていなかった光景が今、現実としてディルフィーナの目の前に広がっている。

人は故郷に対して、特別な感情を抱《いだ》くもの。

そしてそれは、魔境と呼ばれ続け多くの人間達《たち》から忌避《きひ》され、このウォルテニア半島に暮らしてきたディルフィーナ達であっても変わらないらしい。

(後ろの連中も同じ感想の様ね)

ディルフィーナは、自分の後ろに続いて歩く、仲間達へと視線を向けた。

その視線を感じたのだろう。

部隊の副官を務めるユースティアが首を傾《かし》げる。

「どうかされましたか?」

その問いに小さく頷《うなず》く。

そして、ディルフィーナは周囲を見回すと軽く肩《かた》を竦《すく》めて見せた。

「いや、たった数ヶ月離《はな》れていただけなのに、随分と景色が変わってしまったと感傷的になっている自分が、少し可笑《おか》しく思えて……ね」

ディルフィーナ自身、心の奥から沸き上がる衝動的《しょうどうてき》な何かに戸惑《とまど》いを感じているのだ。

だが、その一方で、この感情が偽《いつわ》りのない本心である事も理解していた。

(良い思い出など、何もない筈なのに……)

ディルフィーナの父親であるネルシオスが率いる黒エルフの一族は、四百数十年前に起きた人間達との聖戦に敗れて、他《ほか》の部族と共にこの魔境へと落ち延びた。

それ以来、黒エルフの一族は艱難辛苦《かんなんしんく》を味わってきた。

勿論《もちろん》、その時は未《ま》だこの世に生まれ出《い》ていなかったディルフィーナ達だ。

当然の事ながら、四百数十年前の聖戦や、この魔境へたどり着くまでの間に部族が味わった苦難を直接体験した訳ではない。

だが、その時の口惜《くや》しさは父親であるネルシオスや、部族の年長者達から嫌《いや》と言うほど教え込まれている。

それに、ウォルテニア半島で暮らしていれば、嫌でも親しい人間との別離《べつり》を経験する。

そして、そんな体験はディルフィーナだけのものではないのだ。

(副官のユースティアは二百二十一歳《さい》で、最年少は部隊最後尾《さいこうび》の殿《しんがり》を務めるイゾルデだったかかしら……確か今年で百八十九歳になる筈……まぁ、十分な歳月ね……)

ディルフィーナが率いる黒エルフのみで構成されたこの部隊の平均年齢《ねんれい》は二百歳前後。

人間から見れば驚異的《きょういてき》な長寿《ちょうじゅ》と言えるが、エルフの感覚的な話で言えば、まだ尻《しり》の青いひよこと言ったところ。

勿論、人間の十倍以上の寿命《じゅみょう》と不老性を誇《ほこ》るエルフ族と人族とでは、前提条件が違いすぎているのは事実。

何しろ、生まれてから数十年で肉体は成熟を迎え、後は千年以上も人間でいうところの二十代の肉体のままで生き続ける。

外見が人間でいうところの老人になるのは、寿命が尽《つ》きる本当に直前だ。

そんな黒エルフ族と比較《ひかく》する意味はあまりないが、無理やりに人間の年齢に換算《かんさん》すると、エルフ族の二百歳は人族の二十歳《はたち》くらいの感覚だろうか。

ディルフィーナを始めとして、部隊に属する全員が成人の儀式《ぎしき》を済ませている。

だが、部族の大多数を占《し》める大人達から見れば、彼女達《かのじょたち》は全員が子供とは言えないものの、大人と言い切るにも微妙《びみょう》と言う評価が大半だろう。

とは言え、それは別に彼女達を侮《あなど》っての評価ではない。

実際、精神年齢という観点だと、到底《とうてい》成熟した大人とは言えない年頃《としごろ》なのだ。

確かに、人生の無常さや苦難を語るには若すぎるのかもしれないだろう。

だが、それで十分なのだ。

最年少のイゾルデですら、物心ついてから既《すで》に百年以上の時が流れている。

その間、多くの怪物達が生息し、巨獣《きょじゅう》と呼ばれる強力な怪物すらも珍《めずら》しくないウォルテニア半島で生き抜《ぬ》いてきたのだ。

日々を生き抜く事で精いっぱいな生活だ。

文字通り生き地獄《いじごく》に近い。

(実際、楽しい思い出など殆《ほとん》どないものね)

ディルフィーナが過去の思い出と問われて思い出せるのは、父親であるネルシオスとの槍《やり》の鍛錬《たんれん》か、食料を求めて狩《か》りをする日々くらいのもの。

生きる為《ため》に槍を手にし、生きる為に獲物《えもの》を追う。

そんな生活が楽しいと思える筈もないだろう。

(思い出されるのは……怪物どもとの戦いばかり)

このウォルテニア半島で生きるという事は、常に怪物達の脅威《きょうい》にさらされ続けるという事。

村は確かに黒エルフ族が誇る付与《ふよ》法術の力によって、十重二十重《とえはたえ》の防護が施《ほどこ》されてはいる。

黒エルフ族の持つ高い技術力の粋《すい》を集めたもので、人族では到底真似《とうていまね》する事が出来ない水準だ。

この技術があればこそ、黒エルフ達はウォルテニア半島の奥地《おくち》で、人族の追及から逃《のが》れつつ暮らしてこられたのだから。

だが、完璧《かんぺき》ではない。

如何《いか》に強力な結界を施していようと、巨獣種と呼ばれる最強クラスの怪物から村を無傷で守り通すのは不可能に近いし、十数年ほどの周期で起こる大暴走《スタンピート》と呼ばれる現象は、半島に蠢《うごめ》く怪物達の血を滾《たぎ》らせ荒《あ》れ狂《くる》わせる。

実際、ディルフィーナの母親は村を襲《おそ》った怪物の襲撃に因《よ》って彼女《かのじょ》の目の前で亡《な》くなっているのだ。

そして、黒エルフ族の食事は基本的に肉がメインだ。

一部では農耕も行われているのだが、ウォルテニア半島という生活環境《かんきょう》を考えれば、耕作地には限界がある。

食料の調達の主な手段が狩猟《しゅりょう》になるのは当然だろう。

だが、狩猟の成否は季節や環境に因って、どうしても波が出てくる。

その結果、多くの友人が病や飢《う》えでこの世を去っているのだ。

それらの記憶は今でもディルフィーナの脳裏《のうり》に焼き付いて離《はな》れない。

だが、そんな記憶しかないウォルテニア半島でも、ディルフィーナにとっては故郷である事には変わりがないらしい。

（こんな感傷など、あの方には笑われるかもしれない……いや、案外、羨《うらや》ましいと言われるかもしれないわね……）

何《いず》れはこのウォルテニア半島に暮らす亜人達《あじんたち》の王となるべき老《ふ》け顔《がお》の青年が浮《う》かべる揶揄《からか》う様な笑《え》みが脳裏を過り、ディルフィーナは思わず苦笑《くしょう》する。

何しろ、あの青年は人の持つ邪悪《じゃあく》な悪意の犠牲者《ぎせいしゃ》として、故郷その物を強制的に失ったのだから。

その心の底に秘《ひ》められた想《おも》いをディルフィーナは未だに青年の口から聞いた事がない。

恐《おそ》らく、青年の背後に影《かげ》の様に付き従う、あの褐色《かっしょく》の肌《はだ》を持つ双子《ふたご》の少女達ですらも、その本心を知ってはいないだろう。

（大分、打ち解けてきているとは思うけれど……）

以前のディルフィーナは種族間の隔意《かくい》を感じて、何処《どこ》かよそよそしかったものだ。

海賊達《かいぞくたち》に囚《とら》われていたという経験も、その隔意に影響《えいきょう》を与《あた》えていたのかもしれない。

そんなディルフィーナの気持ちを理解していたのか、亮真《りょうま》は節度を保ちつつも根気強く友好的に会話を交《か》わし続けた。

そのおかげもあり、今ではかなり慣れた。

いや、慣れたどころか、ディルフィーナと亮真は今ではかなり親密な関係を構築するに至っている。

少なくとも友人かそれ以上の関係ではあるだろう。

時には食卓《しょくたく》を共に囲む事もあるし、場合によっては寝室《しんしつ》の中にも入るのだから。

とは言え、寝室に入ると言っても、それは残念な事に性的な意味ではない。

あくまでも警護や近習《きんじゅう》としての仕事の一環《いっかん》だ。

(勿論、信用されているとは思う……そうでなければ、側に置こうとはしないでしょうから。

けれど……やっぱり、もう少しこちらから動くべき?)

寝室の警護を任せられるという事は、ディルフィーナが御子柴《みこしば》亮真という男に受け入れられている証《あかし》であり、頼《たよ》りにされている証拠《しょうこ》だろう。

人は眠《ねむ》らなければならないし、その間は無防備になる。

それを防ぐ為の警護の任務は、生中な信頼《しんらい》関係では到底任せられる筈もないのだから。

だから、警護と言う任務自体には不満はない。

それに、ディルフィーナ達は亜人。

あまり表立って御子柴男爵《だんしゃく》家に仕えていると吹聴《ふいちょう》するのは好ましくないだろう。

大陸東部は比較的《ひかくてき》、光神教団の勢力が弱いとは言え、まだまだ亜人と言う種族に対しての隔意は強いのだ。

だからこそ、ザルーダ王国の山脈地帯でオルトメア帝国《ていこく》の輸送部隊を襲撃した際にも、ディルフィーナはフードを被《かぶ》り対峙《たいじ》した敵兵は全員殺した。

勿論、顔を隠《かく》し正体不明の存在が敵を皆殺《みなごろ》しにする事で、敵に対して恐怖《きょうふ》や神秘性を植え付ける事が出来る。

(でも……その真の狙《ねら》いは、我《わ》が部族を始めとした亜人と、御子柴男爵家との関係を周囲に隠す為……）

だから、ディルフィーナが率いる【黒蛇《くろへび》】と名付けられた部隊の主な任務は、今でも亮真の身辺警護が主な仕事だ。

警護兵は基本的に最精鋭《さいせいえい》部隊であると同時に、常在戦場を意識している。

任務時間中は、平時であっても鎧兜《よろいかぶと》を身に着けた完全装備。それはつまり、兜で顔を隠していても不自然ではないという事だ。

先日のイピロス攻略戦《こうりゃくせん》でも、【黒蛇】は伊賀崎《いがさき》衆の手練《てだ》れと共に、城内の掃討《そうとう》を主な任務としていた。

これも、武功を立てる事を前提とした正規兵の戦いと言うよりは、闇《やみ》に紛《まぎ》れて奇襲《きしゅう》や工作活動を行う特殊《とくしゅ》部隊の様な使われ方をしている。

（まぁ、何れは我々の存在を白日の下に晒《さら》す日も来るかもしれないけれど……）

基本的に黒エルフ達が持つ個々の身体能力は高い。

それに詠唱《えいしょう》を必要とする文法術などに関しての知識を持っている。

全力を出したロベルトやシグニスを個人で討《う》ち取《と》るのは厳しいかもしれないが、十分に強者と言えるだろう。

そして、それほどの戦力を使わないで済むほど、御子柴亮真には人的資源の余裕はないのだ。

だが、使い方が難しいと言うのも事実だろう。

ディルフィーナ達は一対一での殺し合いや、少人数での非正規戦のような戦い方には強い。

森の中で狩りをする際には、自らの気配を消して獲物に忍《しの》び寄《よ》るのだ。

そういった経験を積み重ねてきたディルフィーナ達にしてみれば、潜入《せんにゅう》任務などはお手の物と言える。

だが、戦場で戦うとなると勝手がかなり違ってくる。

【黒蛇】の人数は二十人程。

御子柴亮真が定めた軍制上では、五人一組を一小隊とし、十の小隊が集まって中隊を形成するという編制をしている。

これで考えると、【黒蛇】は僅《わず》か四個小隊規模という事になる。

人数としてはあまりに少なすぎた。

【黒蛇】を戦場において戦局を動かす存在として使うのであれば、最低でも百人規模でなければ意味をなさないだろう。

それに、ディルフィーナ達は豊富な戦闘《せんとう》経験を積んではいるが、それはあくまでも怪物を主体としたものでしかない。

対人戦闘と言う意味での経験は、以前ウォルテニア半島を根城にしていた海賊達との戦闘位なものだろうか。

そんな状況《じょうきょう》で、いきなり種族そのものが違う人間の軍隊と共同歩調を取れと言うのはかなり難しい。

異物が混入した精密機械の様に、機能不全を起こすのが目に見えている。

とは言え、ディルフィーナ達にしてみても、功績が全くないと言うのは、あまりに外聞が悪いのも確かだろう。

それら諸々《もろもろ》の問題点を考慮《こうりょ》の上で導き出された折衷案《せっちゅうあん》が、今のディルフィーナ達が置かれた状態だった。

（もう少し私達の手で武功を挙げたいという気持ちはあるけれどもね）

自分達が置かれた状況に不満はない。

実際、無理をすれば亜人と人間との融和《ゆうわ》など文字通り吹《ふ》っ飛《と》んでしまいかねないのだ。

亜人と人族との確執《かくしつ》を考えれば、慎重《しんちょう》の上に慎重を期すのは当然とすら言える。

だが、警護役では亮真への襲撃でも起きない限りは、武功の挙げようもないのも確かだ。

イピロス襲撃の様な任務もあるのだが、そういった仕事の多くは伊賀崎衆が主導して請《う》け負《お》っているのが実情。

部族の中では族長に次ぐ武術の腕前《うでまえ》を誇るディルフィーナにしてみれば、正直に言って生ぬるい環境だと言えるだろう。

（当面の問題は……やっぱり……）

不満はもちろんある。

だが、ディルフィーナにとっても利点がない訳ではない。

警護役などで身近に控《ひか》える事が多い為、信頼関係を構築するには好都合なのは確かだろう。

少なくとも着実に実績を積み重ねていると言えるのだ。

とは言えそれは、ディルフィーナが父親であるネルシオスから命じられた任務の半分でしかない事もまた事実だった。

(初めは女に興味が無いのかとも思ったけれど、ボルツ殿やマイク殿から聞いた話では、全く興味が無いという訳でもないようだし……)

亜人であるという事は、利点も大きいが、欠点も同じくらい存在している。

特に、御子柴男爵家を主導しているのは人と言う種族だ。

四百数十年も昔の出来事であるとはいえ、過去の経緯《いきさつ》もある。

ネルシオスの立場にしてみれば、御子柴亮真と娘《むすめ》であるディルフィーナが男女の関係になってくれれば、黒エルフと言う種族の立ち位置を強化出来ると計算するのは当然の事だ。

そして、関係強化として最も手っ取り早いのは、婚姻《こんいん》を結ぶ事だろう。

しかし、そんなネルシオスの目論見《もくろみ》は今のところ成功の兆《きざ》しが見えなかった。

(あの方と私の子……か……父上には申し訳ないけれど、仮に生まれる事になるとしてもだいぶ先の話でしょうね)

それなりにアプローチを掛けたにもかかわらず、進展が無いと言うのは、ディルフィーナとしても面白くはないと言うのが本音だ。

女性としての誇り《プライド》を傷つけられた様に感じたのも事実だろう。

そして、それが自分だけではない事を知って、ある意味では安心したのだ。

元々、半島の森の中にある村で暮らしていた頃《ころ》のディルフィーナは女性的な要素が薄《うす》かった。

勿論、それは容姿の話ではない。

単に、性的な意味で女性を意識させない性格というだけの事だ。

だが、だからと言って極端《きょくたん》な女尊男卑《じょそんだんぴ》の考え方を持つ人間に見られる、頭ごなしに男性を否定したり、無暗《むやみ》に敵視したり対抗《たいこう》意識を燃やしたりする様な事もなかった。

ディルフィーナ自身としては、極《きわ》めて自然に振舞《ふるま》っていただけの事。

ただ、どちらかと言えばぶっきらぼうで冷徹《れいてつ》とも言える態度が、周囲から見て壁《かべ》を作られている様に感じたのだろう。

それに、武人としての腕前が、族長である父親のネルシオスを除けば部族内でも随一《ずいいち》だったと言うのも、周囲のディルフィーナを見る目に大きく影響を及《およ》ぼしたのは確かだ。

だから、ディルフィーナは部族の男性達から、女性として扱《あつか》われてはこなかった。

彼等《かれら》は皆《みな》、ディルフィーナに対し一人の戦士として接した。

男性達にしてみれば、大切な仲間であり、頼りになるリーダーではあっても、異性であるという認識《にんしき》は薄かったのだろう。

そして、ディルフィーネ自身もそれでよいと割り切っていた。

何時《いつ》か自分が、父親の跡《あと》を継《つ》いで部族の長となると心に誓《ちか》っていたから。

だが、いつの間にか自分の心の奥底《おくそこ》に今までとは違う別の感情が芽生え始めているのを、ディルフィーナは感じている。

そして、人間と言う種族を憎《にく》んでいた筈の自分が、御子柴亮真と言う男に対して敬意や友愛を感じている事に驚《おどろ》いた。

いや、ディルフィーナ自身も既に気が付いている様に、心の奥には単なる義務感以上の気持ちが芽生えている。

(可笑しなものだ……まさか、私がこんな気持ちを抱く事になるなんて)

割り切ったと言いつつも、心の中では女性としての幸せを求めていたのだろう。

だからこそ、父親であるネルシオスから御子柴亮真の寵愛《ちょうあい》を受けられるように動けと言う命令にも素直《すなお》に従っているのだから。

(まぁ、焦《あせ》るべきではないでしょうけど……何時夜伽《よとぎ》のお相手を務める事になっても私としては構わないけれども……ローラ達の反感を買うのは避《さ》けた方が良いでしょうし)

御子柴亮真と言う人物を男性として意識している女は多い。

マルフィスト姉妹を筆頭に伊賀崎衆の咲夜《さくや》や、クリストフ商会のシモーヌ辺りは確実に亮真を異性としての男として意識している。

それに加えて、リオネやユリア・ザルツベルグ伯爵《はくしゃく》夫人などにも油断出来ないと言うのが、ディルフィーナの見立てだった。

幸いな事に、彼女達は排他的《はいたてき》ではない。

少なくとも、独占欲《どくせんよく》の強いタイプではないのだろう。

だが、それは他者が抜け駆《ぬが》けすることを許容するかと言われると、話は大分変わって来る。

自分一人が一番になれなくても気にしないだろうが、自分以外の誰《だれ》かが一番になる事も許容しない。

つまりはそういう事だ。

それに、亜人であるディルフィーナや【黒蛇】の面々が、御子柴亮真という男の妻となれるかと問われるとかなり難しい。

少なくとも、正妻に関しては不可能だろう。

貴族社会における結婚《けっこん》とは、家同士の結びつきに他ならない。

そういう意味では、実家のないローラや平民であるシモーヌよりは、まだディルフィーナの方が可能性はあるが、此処《ここ》でどうしてもネックとなるのが亜人と人間との間に横たわる確執だ。

権力者である御子柴亮真が寝所《しんじょ》の警護を任せると言うのは、ディルフィーナ達に相当な信頼を寄せている証だ。

今は、現状で満足しておくべきなのだろう。

何しろ、亮真の寵を求めているのは、ディルフィーナだけではないのだ。

勿論、亮真から求められれば、喜んで身を任せるつもりだ。

だが、ディルフィーナ自身から動くのはあまり得策ではないだろう。

そんな未来を考えているうちに、ディルフィーナは気恥《きは》ずかしさで頬《ほお》が赤くなっていくのを感じた。

(全《すべ》てはあの日……あの方に出会ってから)

ディルフィーナが御子柴亮真という男と出会ったのは、まだこのウォルテニア半島に海賊《かいぞく》たちが跳梁跋扈《ちょうりょうばっこ》していた時期の事だ。

部族の幼子達を守る為に自らの身を犠牲《ぎせい》にして海賊達の虜囚《りょしゅう》となった日、ディルフィーナは自らの人生を諦《あきら》めた。

ただでさえ奴隷《どれい》と言う身分は過酷《かこく》だ。

文字通り、生殺与奪《せいさつよだつ》の全てを主に握《にぎ》られる。

唯一《ゆいいつ》の自由と言えば、自殺の自由くらいだろうか。

いや、呪印を施されれば、そんなささやかな自由さえ奪《うば》われるだろう。

ましてや、ディルフィーナは亜人。

生きた宝石とも謳《うた》われる黒エルフ族の一人。

そして、黒エルフ族は生来、人間以上に豊富な生気《プラーナ》を宿している。

それ故に、老化が遅《おそ》く寿命が長いのだ。

だが、そんな誰もがうらやむような天からの贈《おく》り物《もの》も、奴隷と言う境遇《きょうぐう》では何の価値ももたらさない。

いや、贈り物どころか、害にしかならないだろう。

自由に生きていけて長寿は初めてその価値を持つ。

不自由な奴隷で長生きをしたところで、苦しみを無暗に先伸《さきの》ばしにしてしまうだけの事なのだから。

だが、そのディルフィーナの運命を御子柴亮真と言う男が変えた。

そして、下劣《げれつ》な海賊共を紅蓮《ぐれん》の業火で焼き尽くし、このウォルテニア半島という魔境に覇《は》を唱えて見せたのだ。

（あれからどれほどの月日が過ぎ去っただろうか……）

空に浮かぶ雲の流れを見上げながら、ディルフィーナはそんな思いに囚われていた。

（イピロスの戦では伊賀崎衆と共に城の掃討を担《にな》ったが、やはり武功としては戦場の武功に比べれば地味だし、厳翁殿《げんおうどの》よりも優《すぐ》れた戦果を挙げたとは言いにくい）

そんな事を考えながら石畳の街道を歩いていると、やがてディルフィーナ達の前の森が開ける。

その先に見えるのは、木製の柵《さく》と空堀《からぼり》で守られた村。

ネルシオスの治める懐かしき故郷だ。

（まぁ、色々と考えなければならないことは多いけれど、今はあの方から命じられた仕事に集中しましょう。何しろ今回の仕事は我々の価値を更《さら》にお認め頂くのに絶好の機会……是非《ぜひ》とも成功させなければ……ね）

ディルフィーナは深く息を吸い込むと、ゆっくりと吐《は》き出《だ》した。

そして、次々と浮かんでは消えていく様々な思いを振《ふ》り払《はら》う様にディルフィーナは空を見上げる。

自らの仕事を完遂《かんすい》するという決意をその胸の奥に秘めたまま。

村へ帰還した愛娘《まなむすめ》の姿を確認《かくにん》し、ネルシオスは朗《ほが》らかな笑みを浮かべながらディルフィーナを部屋の中へと迎え入れる。

周囲から【狂鬼《きょうき》】のネルシオスと呼ばれている猛者《もさ》であっても、娘の元気な姿を見れば、相好が崩《くず》れてしまう物らしい。

「戻ったか……」

そう言うと、ネルシオスは椅子《いす》から立ち上がり、部屋の一角に設けられたソファーへと足を向ける。

ここは、村の中央付近に建てられたネルシオスの家に設けられた執務室《しつむしつ》。

部族長が暮らす家ではあるが、実に簡素で地味な家だ。

二階建てのこの家の中には、居間を除けばネルシオスが部族長としての仕事を行う執務室と二つの寝室があるだけ。

とは言え、黒エルフ族が置かれた状況を考えれば、このくらいの家でも十分なのだ。

日々の生活に追われ、娯楽《ごらく》と言うものが殆どない生活。

家に求められる機能としては雨風を防げて、食事の準備が出来れば満足と言ったところなのだろう。

「お前も座《すわ》ると良い」

そう言いながら、ネルシオスはソファーへ腰《こし》を下ろした。

そして、対面に座る愛娘をジッと見つめる。

どれだけ無言のまま見つめ合っただろう。

やがてネルシオスはゆっくりと口を開いた。

「久しぶりだな……元気そうで何よりだ」

その言葉に、ディルフィーナは小さく頷く。

「父上もお元気そうで何よりです」

「あぁ、毎日目が回るほど忙《いそが》しいが、何とか頑《がん》張《ば》っている……」

「セイリオスからこの村まで歩いてきましたが、私がいない間に色々と変わった様ですね？」

「ボルツ殿が色々と動いてくださり、セイリオスの街へ荷を運ぶのもかなり楽になった」

「それはそうと、イピロスの攻略《こうりゃく》ではお前達もかなりの活躍《かつやく》をしたらしいな？　私としてもお前達を送り出した甲斐《かい》があるというものだ」

そう言うと、ネルシオスは笑みを浮かべる。

だが、その言葉を聞いてディルフィーナは微《かす》かに表情を曇《くも》らせた。

「活躍……ですか……」

その顔に浮かぶのは困惑《こんわく》の色。

叱責《しっせき》を受けるとは考えていなかっただろうが、自分達が称賛《しょうさん》されるほどの武功を挙げたと思えなかったのだろう。

しかし、そんなディルフィーナに向かってネルシオスは言葉を続ける。

「そう怪訝《けげん》そうな顔をするな……確かに、戦場で大きな武功を挙げた訳ではないから、お前の

気持ちも分からなくはないが……それは、我々の置かれた今の状況を考えれば望むべくもない。やはり亜人である我々が表立って動くのは、御子柴殿にとっても決して良い事にはならないだろうからな」

そう言うと、ネルシオスはソファーから立ち上がり、窓際《まどぎわ》に置かれていた執務机《しつむづくえ》の引き出しから、一通の書状を取りだす。

「お前とは色々と話したい事も多いが……まずはこれか……」

そう言いながら、ネルシオスは手にした書状をディルフィーナへと渡《わた》した。

「先日、ボルツ殿から届けられた御子柴殿の手紙だ。お前達の働きに深く感謝するとかかれている。そして、お前達の功績に正しく報《むく》いる事が難しい現状に対して、詫《わ》びの言葉も添《そ》えられていた」

「成程《なるほど》……」

手渡された書状に素早《すばや》く目を通すと、ディルフィーナは小さく頷く。

ウォルテニア半島に暮らす亜人達と、セイリオスの街を拠点《きょてん》として勢力を広げる御子柴亮真が協力関係を築いているのは確かだ。

だが、今はまだ君臣の間柄《あいだがら》ではない。

勿論、ディルフィーナ自身は御子柴亮真を主君として敬愛しているし忠誠を誓っている。

とは言え、それはあくまでもディルフィーナ個人の秘めた想いに過ぎない。

ネルシオスの命令で亮真の下へ送り込まれたディルフィーナ達の扱いも、正式には傭兵《ようへい》の様な扱いに近い。

或《ある》いは、客将《かくしよう》とでも言ったところ。

現代社会で似たような関係を探すと、最も近いのは正社員と派遣社員の関係だろうか。

いや、法的な規定がない分、ディルフィーナ達の置かれている立場の方が不安定かもしれない。

そして、それを理解しているからこその手紙なのだろう。

「あの方は私達にも直接謝罪の言葉を口にされました」

それは、イピロスの攻略が終わって直《す》ぐの事だ。

多額の金貨を褒賞《ほうしよう》として渡された際に掛けられた言葉をディルフィーナは今でも覚えている。

「その謝罪もかねて、セイリオスとの交易では、これまで以上の便宜《べんぎ》を図《はか》ってくれると言っている。今までも相当に気を遣《つか》って貰《もら》っているのだが……な」

そう言うとネルシオスは苦笑いを浮かべた。

だが次の瞬間《しゆんかん》、表情を一変させる。

普通《ふつう》に考えれば、相手が便宜を図ってくれているのだから素直に喜べば良いだけの事だろう。

しかし、どうやらネルシオスとしては、手放しで喜んでばかりはいられないらしい。

父親の表情から、何を言いたいのかディルフィーナは察した。

「お前も分かっているだろうが、御子柴殿は我々に害意を持ってはいないし、実に気前の良い御仁《ごじん》だ。仕事をきちんと果たせばそれに見合うだけのものを支払《しはら》ってくださる。取引相手としてこれ以上は望みようのない方だ」

そう言うとネルシオスは一度言葉を切った。

そして、小さくため息をつくと、自らの懸念《けねん》を口にする。

「だが、それを当然と思ってはいけないし、御子柴殿を侮る事など許されない……もし我々が増長した態度を示せば、あの方は必ず我々を切り捨てるだろう」

それは、ネルシオスの本音だった。

ネルシオスとしても、御子柴亮真に対して不満はないのだ。

だが、その一方でネルシオスは亮真に対して底知れぬ恐怖を抱いている。

それは、支配者や為政者《いせいしゃ》としての格の違い。

ネルシオスは武人として考えた時、御子柴亮真を絶対に勝てない強敵と考えた事はない。

勿論、亮真が手練れなのは理解している。

人間と言う種族が持つ早熟さと言う特性が、黒エルフ族の長寿に匹敵《ひってき》する特性である事も理解していた。

だから、短命の人間を侮るつもりはない。

だが、それでも武人として自分が劣《おと》っているとは髪《かみ》の毛《け》ほども考えてはいなかった。

（しかし……為政者としてはどうだろう……）

ネルシオスは聖戦に敗れてから、四百数十年もの間、この魔境で部族を守り続けてきた。

それは、【狂鬼】と呼ばれた武人にとっても、決して楽な道ではなかっただろう。

それでも、部族を纏《まと》めてきたのだ。

ネルシオスの政治的手腕《しゅわん》は卓越《たくえつ》していたと言っていい。

だが、ネルシオスには部族を滅亡《めつぼう》から守るだけで精いっぱいだった。

今の様な明るい未来を部族の人々に提示する事など出来なかったのだ。

セイリオスとの交易のおかげで、ウォルテニア半島の各地に点在する亜人の村々における生活はかなり改善された。

少なくとも、餓死者《がししゃ》を出す心配はなくなったし、酒や煙草《たばこ》と言った嗜好品《しこうひん》も手に入る様になっている。

その事実を考えた時、ネルシオスは自分が為政者として、御子柴亮真という男に勝《まさ》ると自信をもって言葉にする事が出来なかった。

虚勢《きょせい》でも自らの方が優れていると言えない段階で、既に両者の格付けは済んでしまっている。

(そして、それはあの男も理解している筈。理解しているくせに、あの男は私に配慮《はいりょ》をしてみせる……恐らく、我々の中にある人間への不信感を警戒しているのだろう)

表面的には対等な立場だ。

だが、御子柴亮真は事ある毎にネルシオスを優遇《ゆうぐう》している。

まるでネルシオス達の方が、立場が上だと言わんばかりだ。

しかし、だからと言って亮真がネルシオスを恐れている訳ではないのだ。

なんでもないところで一歩も二歩も引いて見せネルシオスに花を持たせる一方で、時折かなり強気に押《お》してくる。

その緩急《かんきゅう》の付け方は、交渉《こうしょう》を単一ではなく、大きな川の流れの様に考えている証拠。

まるで、一流の武人と言葉で切り合いをしている様なものだ。

「父上も既にお分かりでしょうが、あの方は飴《あめ》だけを下さる様な甘《あま》い方ではありません」

書状にはディルフィーナを始めとした【黒蛇】の面々への労《ねぎら》いや謝罪、そしてネルシオス達が作り上げた武具の素晴《すば》らしさと協力に対しての感謝が綴《つづ》られている。

だが、問題はその後に書かれた文言だ。

「お前の言うとおりだ、ディルフィーナ……御子柴殿は、報酬《ほうしゅう》を弾《はず》んでくださる方だが、その分要求も厳しい。特に今回の依頼《いらい》の様に、数と質の両方を短期間で揃《そろ》えるとなると……な」

そう言うと、ネルシオスは深いため息をついた。

その姿はまるで、大手の取引先から無理難題を求められて四苦八苦している下請《したう》け会社の社長の様なものだろうか。

「承知しております。私が今回帰ってきたのも、その件で輸送の警護責任者として指名されたからですから……」

そう言うとディルフィーナは探《さぐ》る様な視線を父親へと向けた。

「それで、頼《たの》んでいた品の準備は？」

勿論、本気で疑っている訳ではない。

ネルシオスには疲労《ひろう》感は有っても悲愴《ひそう》感が漂《ただよ》っていないのだ。

先ほど村の入り口からこの家まで歩いてきた際、村の様子を確認したが、普段《ふだん》と変わりないところから見ても、問題があるとは考えてはいない。

しかし、それでも万が一という事が有り得る。

そして、もし仮に頼んでいた品々が一つでも揃わなければ、御子柴男爵家は窮地《きゅうち》に立たされかねないのだ。

その問いに、ネルシオスは自信をもって頷いて見せた。

「ヨツユダケや月光草などは村で栽培《さいばい》していた物の中から選んだ、選《よ》りすぐりの品だ。恐らく人族でこれだけの品質を揃える事は不可能だろう。後、付与法術を施した食器類に関しても村の職人の手で全て完成している」

何気ない事の様に口にされた言葉。

だが、もしネルシオスの今の発言をギルドの関係者が耳にすれば、目の色を変えて飛びつく事だろう。

ヨツユダケと月光草。

それは、どちらも秘薬の材料であると同時に、解毒薬《げどくやく》としてなど多くの使い道が有る植物の名前だ。

しかし、高い需要《じゅよう》に対して流通量はあまり多くない。

どちらも人工での栽培の難しい品で、天然物を採取するしかないのだが、生育する環境が限られているからだ。

そういった理由から、どちらの品もギルドへ持ち込めばかなりの金額で取引されている。

だが、天然物では品質にばらつきが出るし、採取量も不安定だ。

大地世界《アース》において、秘薬が高価で限られた人間にしか使う事が出来ない理由の一つだろう。

しかし、栽培出来たとなれば話は大きく変わる。

それは、西方大陸全体で流通している秘薬の生産量をも変える可能性があるのだから。

また、食器の方は一つ一つに紋様《もんよう》を施し、付与法術を施した特注品。

こちらも、金銭で購《あがな》おうとすれば、同じ重さの金を積んでも買えないかもしれない様な高級品だ。

それを、かなりの数揃えたというのは、単に金銭で解決出来る問題ではないだろう。

そういう言いからすれば、今のネルシオスの言葉は御子柴男爵家の浮沈《ふちん》にかかわる重要事項《じこう》の筈だった。

しかし、ディルフィーナの関心は、重要な筈のヨツユダケや月光草と言った品には向けられていなかった。

これらの品に関してディルフィーナは初めから心配などしていない。

生産体制がある程度出来ている事は事前に父親から手紙で聞かされていたのだから。

今更《いまさら》、揃えられませんでしたなどと言う言葉が出てくるはずがない事を知っていた。

問題なのは、もう一つの品の方だ。

「成程……それで肝心《かんじん》の例の方は？」

その言葉のイントネーションから、愛娘が何を尋《たず》ねたいのか察し、ネルシオスは大きな溜《た》め息《いき》をつく。

「人族から見れば同じ亜人という括《くく》りだ。御子柴殿も連中との交渉など、我々にとっては簡単だろうと思われたのだろうな……だが、我々と連中とでは文化や価値観が違《ちが》い過ぎる。確かに聖戦の時には共に人族と戦った仲だ。だが、戦に敗れてからは連中との交流は久しく絶えていたからな……」

ハッキリ言えばかなりの無理難題を押し付《つ》けられた格好だ。

だが、だからと言って不可能でしたと白旗を上げて済む話ではない。

これまでの御子柴亮真との交渉で、かなり譲歩《じょうほ》や優遇して貰ってきたという負い目が、その感情を後押《あとお》しした事もあるだろう。

だから、ネルシオスは交渉を打ち切ろうとする相手側に食い下がった。

そして、その努力は報われた。

「交渉はかなり難航したが、シモーヌ殿が準備してくれた茶葉や煙草などと引《ひ》き換《か》えにして、なんとか御子柴殿の希望に添える物を揃えられた筈《はず》だ。今は指示通り血抜《ちぬ》きをして凍結《とうけつ》した状態で保管している」

「では、頼んでいた品は全て揃っているようですね……」

「あぁ、後は無事に王都へと運ぶだけだ」

「分かりました。時間が惜《お》しいので、このまま積み荷の確認をした後、明日の朝一番に出立する事とします……何しろ、セイリオスの街でアレハンドロ殿から残りの荷を受け取らなければなりませんので」

そう言うと、ディルフィーナはソファーから腰を上げた。

敬愛する主君の下へ一刻も早く戻《もど》ろうと心に決めながら。

第一章　見えない悪意

その日、黒一色に染められた鎧《よろい》を身に着けた一団が、王都ピレウスの城門前に立ち並ぶ。

総数にして三百。

それだけの数の人間が一糸乱れぬ隊列を組んだまま待機していた。

午前中も早い時間から門の前に並び、既に太陽は中天を過ぎて西へと傾《かたむ》き始めている。

彼等《かれら》はただ立ち並んでいるだけだ。

だが、だからこそ集団の力量が如実《にょじつ》に反映される。

それだけを言葉として聞けば、大した労力の様には感じないかもしれない。

だが、ただ単にぼぉっと立っているのと、兵士が隊列を維持《いじ》したまま直立不動で待機するのでは大分意味が変わって来る。

体重を掛《か》ける足を入《い》れ替《か》えて片方を休める事も出来ないし、首を動かして周囲の風景へ目を向ける事も許されないのだ。

イメージとしては英国の近衛《このえ》兵《へい》の様なものだろうか。

彼等は規律を厳守し、危機に対応する時と、交代の時以外は持ち場から動かず、直立不動を維持すると言うが、それに近い。

まさに恐るべき練度と言える。

そんな彼等が掲《かか》げるのは金と銀の鱗《うろこ》を持ち、真っ赤な目を輝《かがや》かせながら剣《けん》に巻き付いた双頭《そうとう》の蛇の意匠《いしょう》を設《しつら》えられた旗。

今や、このローゼリア王国においてこの旗が持つ意味を知らぬ者はいない。

それは王都の城門を守る衛兵達《たち》であっても同じ事だろう。

実際、門を守る衛兵達の表情は硬《かた》い。

自分達が相手をしている人間が誰かを理解している証だ。

とは言え、門番である以上、その職責から考えて亮真《りょうま》達を素通《すどお》りさせるのは難しい。

どうしたって、王宮の然《しか》るべき人間からの許可が必要になる。

ましてやそれが、少数とは言え完全武装の兵士を率いてきたとなれば猶更《なおさら》だ。

もし、どうしても通すとなれば、自らの首が物理的に飛ぶ事を覚悟《かくご》しなければならない。

勿論《もちろん》、大地世界《アース》の貴族達であれば、そんな衛兵達の立場を無視して無理《むり》強いしただろう。

衛兵達は王国に仕えているという観点で見ると、王都に暮らす一般的《いっぱんてき》な平民よりは身分的に上だ。

だが、それでも貴族階級に属している訳ではない。

大半は平民階級の上位層だし、貴族階級に属していたとしても下級の騎士《きし》が関の山だ。

だが、彼等の苦境が分かる亮真には、そんな横暴な事は出来なかった。

亮真の後から来た入城待ちの馬車が、手続きを終えて王都ピレウス城門を通っていく。

それを横目に、亮真は小さくため息ついた。

朝から少なくとも十回は目にした光景だ。

（随分《ずいぶん》と待たせやがる……）

誰の指示かは知らないが、その人間は亮真をえらく嫌《きら》っているらしい。

事前に使者を出し、率いる兵士の人数も到着《とうちゃく》日時も伝えていたにも拘《かかわ》らずこの扱いだ。

半日近くが過ぎても未《ま》だ王都の門外でジッと待機させられるなど、悪意があるとしか思えない待遇《たいぐう》といいえる。

現代社会で言えばパワハラやイジメに近いだろう。

（こいつらにも早く休憩《きゅうけい》を取らせてやりたいが……）

亮真の背後に立ち並ぶ兵士達は、文字通りの精鋭部隊だった。

そして、その身に帯びた武具の質に関してもその精兵に相応《ふさわ》しい物を揃えている。

一見したところ、彼等が身に付けている武具に目立った特色は見受けられない。

強《し》いて言えば、闇夜《やみよ》を思わせる黒の鎧兜で統一されている事くらいだろうか。

それだって、黒に限らず赤や白と言った色で装備を統一している軍は、西方大陸に幾《いく》つも存在している。

一介《いっかい》の貴族家が多額の費用を掛けて武具の色を統一するのは珍《めずら》しいと言えるのは確かだが、所詮《しょせん》は貴族の自己顕示《けんじ》欲《よく》の表れとして周囲から見られるだけの事。

しかし、見る者がそれらの武具を一つ一つ丹念《たんねん》に確認すれば、度肝《どぎも》を抜《ぬ》かれた事だろう。

ネルシオスから共有されたエルフ謹製《きんせい》の付与《ふよ》法術が施《ほどこ》された武具でその身を固めているのだ。

言うなれば、純金などの貴金属で出来た鎧に近いだろう。

そこに加えて、武具の性能もかなり良い。

それこそ、貴族階級が職人にオーダーメイドで作らせたような水準。

そういった諸々を踏《ふ》まえて考えると、他国の一般《いっぱん》兵士の装備と比べて、金銭的な差で言えば数十倍にも上る。

それに、経済力があればこれらの装備を揃えられるかといえば、そうでもない。

職人の手で生み出される製品は、時に機械を超《こ》える珠玉《しゅぎょく》の一品を生み出す事は確かだ。

機械による生産が主流の現代社会でも、未だに職人の手作業が必要とされる分野は存在するのだから。

しかし、職人の手作業による生産は機械による生産に比べて生産数は大きく劣るのもまた事実だろう。

そういった事を踏まえた上で考えると、亮真が率いる一団の異様さはハッキリとしていた。

一つ二つであれば大抵《たいてい》の貴族にとっては不可能ではないだろうし、大貴族であれば数十は揃える事が出来る筈だ。

だが、百を超えるとなるとかなり難しい。

可能な国は大分絞《しぼ》られてくるだろう。

それが三百名分ともなれば、西方大陸に群雄割拠《ぐんゆうかっきょ》する国々の中でも列強と目されているオルトメア帝国《ていこく》などでも年単位の歳月《さいげつ》が必要になる筈だ。

ザルツベルグ伯爵との戦《いくさ》の際に、ロベルトやシグニスが、亮真の軍勢を見て驚いたのも当然の事と言える。

規格を統一し、高い水準で武具を統一すると言うのは、かなりの難易度だし、そこまで手間をかけるくらいであれば、兵士を消耗品《しょうもうひん》として割り切った方が経済的なのは事実なのだから。

ましてや、今回はあの時から更に改良された最新版の装備だ。

今回の装備を揃えるにあたってかなりの金額を費やしている。

そこまでして揃えた大事な兵士だ。

つまらない負荷《ふか》を掛けるのは亮真としても避けたいと言うのが本音だった。

（一応、硬化《こうか》や重量軽減の他に、温度調節をつけているが……）

兵士達の見かけは重く物々しいが、実際のところはそれほどでもない。

鎧兜の材質は、そのほとんどがウォルテニア半島に生息する怪物達《かいぶつたち》の牙《きば》や皮を加工した物で、一部に鋼などの金属を使用してはいるものの、一般的な板金鎧などに比べて格段に軽量化されている。

それに加えて、これらの武具には幾つかの付与法術が施されていた。

硬化は、施された武具の耐久性《たいきゅうせい》を向上させる術式だ。

こちらは戦場においては重要ではあるが、通常時にはあまり意味が無い。

それに比べて、重量軽減と温度調節の二つはどちらも見た目は地味なのだが、汎用性《はんようせい》に富んでいる素晴らしい術式だ。

重量軽減の付与法術は、術式が施された武具の重量を操作できる。

この付与法術を最大で発動させれば、着用者の感覚的には、少し重たい荷物を背負っているような感覚で済む訳だ。

数十キロの重りを背負って戦うのと、数キロの重りを背負って戦うのでは、体力の消費が天と地ほども差が出るのは言うまでもない事だろう。

また、気温調節の機能は、兵士の体力消耗《しょうもう》を抑《おさ》えるという点で、かなり重要な機能と言える。

これは、術式を起動する事により、体表近くの気温を下げるというものだ。

簡単に言えば携帯《けいたい》用の個人クーラーが衣服についている様なものだろうか。

大地世界の気候は比《ひ》較的《かくてき》温暖ではあるが、雪も降れば台風などの自然災害も容赦《ようしゃ》なく襲《おそ》ってくる。

また、そういった自然の猛威《もうい》はさておいても、何の対策も講じられていない普通の板金鎧を始めとした機密性の高い鎧兜《よろいかぶと》を長時間身に着けると言うのは、兵士にとってかなりつらい重労働と言えるだろう。

当然、単なる移動だけでも普通以上に体力を消耗するし、そんな消耗しきった体では戦闘など不可能なのは目に見えている。

無理に戦わせたところで、死体の山が出来るだけの事だ。

だが、戦端《せんたん》がいつ開かれるかなど誰にも予測はつかない。

その対策の一つが、兵士一人一人の鎧兜に施された付与法術という訳だ。

普通の貴族であれば気にもしない事なのは確かだろう。

彼等にとって兵士とは代わりが幾らでもある道具に過ぎないのだから。

高価な武具を消耗品に与《あた》える事など夢にも思わない。

しかし、亮真の考え方は違っている。

兵士が消耗品であるという点を否定するつもりはないが、消耗品だからこそ金を掛け、入念に手入れをするべきなのだと考えていた。

両者の考えは対照的と言えるだろう。

(まぁ、どちらが正しいか答えはそのうち出るだろうけどな……とは言え……やはり、そろそろ限界の筈だ……)

彼等の大部分は歩兵。

つまり移動は徒歩。ウォルテニア半島からここまで歩き通しだ。

如何《いか》に重量軽減や温度調節などの付与法術によって負担が軽減されているとはいえ、兵士達の体力には自《おの》ずと限界がある。

定期的に休憩を挟《はさ》み、その際には水の他に甘い飴などを配りはした。

野営の際には、食事にもかなり気を遣《つか》ったし寝床《ねどこ》もリオネなどの実体験を参考にして、なるべく快適に眠《ねむ》れるようにしている。

だが、それでもイピロスから王都ピレウスまでの移動距離《きょり》を考えれば、兵士達の体力は著しく低下しているだろう。

それに、ただ無目的に待機しろと言うのは精神的にも厳しいものが有る。

(俺《おれ》もいい加減、尻《しり》が痛くなってきているし……な)

鈍《にぶ》い痛みが定期的に亮真を襲っていた。

この大地世界に召喚《しょうかん》されて既《すで》に二年以上の月日が過ぎ去っている。

馬の扱いにも大分慣れはした。

とは言え、流石《さすが》に車のシートに座る様な快適さとは無縁《むえん》だ。

ひたすら馬に揺《ゆ》られてきた亮真自身、さっさと旅装を解きたい気持ちは同じだった。

(だが……正直打つ手がない……)

門を守る兵士を責めたところで事態が改善しないのは理解している。

彼らはあくまで職務に忠実なだけなのだ。

まぁ、これが大地世界に存在するいわゆる普通の貴族と呼ばれる様な人間であれば、身分を盾《たて》に特別扱いを強要するだろう。

基本的に貴族は王族ほどではないにせよ特権階級である事に間違《まちが》いはないのだ。

そういう意味から言えば、男爵《だんしやく》位を持つ御子柴《みこしば》亮真が貴族という身分を盾に特別扱いを強要するのは不可能な事ではなかった。

いや、ただの貴族では厳しいかもしれないが、【救国の英雄《えいゆう》】と言う名声を加味すれば十分に可能だ。

可能か不可能かで問えば、この場を押し通る事は出来る。

だが、横車を押すという代償《だいしょう》は大きい。

身分差から周囲は亮真の要求を呑《の》みはするだろうが、その不満や不公平感はヘドロの様に彼等の脳裏《のうり》にこびりつくだろう。

第一、そういった道理を無視し身分を笠《かさ》に着て捻《ね》じ曲《ま》げる行為《こうい》は、亮真の感性からすると非常にみっともなく思えるのだ。

他人がどうのこうのと言うよりは、自分の感性の問題。

まぁ、世間一般的な日本人の持つ恥《はじ》の概念《がいねん》だろう。

(それに、何処《どこ》の馬の骨とも分からない流浪《るろう》の傭兵から成り上がった身としては、ここで兵士に対して高圧的な態度を見せるのは得策とは言えないのも事実だ)

ただでさえ、ローゼリア王国に居る大多数の貴族達から激しい敵意を向けられるのだ。

そんな状況《じょうきょう》下で、更に兵士の大部分を占《し》める平民階層からの評判を自分から落とす必要はないだろう。

結果、亮真としては、このまま時間が過ぎるのをただ待つより他に道はなかった。

それから更に、三十分ほどが経過しただろうか。

一人の兵士が息せき切って駆け込んで来た。

恐《おそ》らく王城に居る上役へ対応を命じられてきたのだろう。

兵士の表情からすると、ようやく王城から許可が下りたらしい。彼は門の側に立つ中隊長へと走り寄り、小声で耳打ちをする。

その言葉に小さく頷《うなず》くと、中隊長は顔を強張《こわば》らせながら亮真の方へと足を向ける。

「大変お待たせいたしました。御子柴男爵《だんしゃく》閣下。先ほど王城より許可がでました。どうぞお通りください」

感情を押し殺《ころ》した声。

だが、その体は恐怖《きょうふ》で小刻みに震《ふる》えている。

確かに彼の立場にしてみれば逃《に》げ出したくなって当然だった。

役目柄致《がらいた》し方《かた》なかったとはいえ、ローゼリア王国において救国の英雄とも目される、国内最大級の武力集団を率いる人間を長時間放置したのだ。

身分制度の厳格なローゼリア王国の風土から考えても、後難を恐れるのは決して考え過ぎとは言えない。

何せ、自分の命はおろか、家族諸共《もろとも》に殺害という可能性すら否定は出来ないのだから。

(自分の仕事をしただけなのに、気の毒なことだな)

亮真は目の前に立《た》ち尽《つ》くす中隊長に憐《あわ》れみを感じる。

(年齢的《ねんれいてき》には俺の親父《おやじ》でもおかしくない様な歳《とし》か)

見事な口鬚《くちひげ》を整えた中年の男だ。

体格も悪くない。

幾分《いくぶん》腹が突《つ》き出してきてはいるが、十分に押し出しがきく体形だろう。

そんな一人前の男が、親子ほども年の離《はな》れた亮真に対して萎縮する。特殊《とくしゅ》な嗜好《しこう》の持ち主なら、優越感《ゆうえつかん》を味わえるだろうが、亮真にしてみれば逆に居心地《いごこち》の悪さしか感じない。

それに、この目の前の憐れな中年へ報復しようとも考えてはいなかった。

亮真はただ貧乏《びんぼう》くじを引かされただけの衛兵に憐れみを感じるだけだ。

自分が誰かに石をぶつけられたとして、投げた人間ではなく投げつけられた石に対して怒《いか》りを感じる人間などいないのと同じ事だろう。

もし仮に、投げた人間ではなく石に怒りを感じる様なら、言い方は悪いかもしれないが人間としてはかなり狂《くる》っていると言わざるを得ない。

だが、そんな亮真の考え方は、この大地世界ではかなり異質な物らしい。

「そうか、ご苦労様」

その言葉を聞いた瞬間、中隊長の顔色が一瞬《いっしゅん》で青ざめた。

別に亮真としては咎《とが》めるつもりもないのだが、普通の声色《こわいろ》だからこそ、身に覚えがある人間としては恐怖を感じたのだろう。

「あ……あの……」

どんな言葉を発するべきか言いよどむ中隊長に、亮真は軽く顔を横に振った。

「気にしなくていい。あんた達は職務に忠実だっただけだからな」

そう言うと亮真は軽く馬の腹を蹴《け》った。

懐《ふところ》から金貨の入った革袋《かわぶくろ》を中隊長の胸元《むなもと》へと投《な》げ渡しながら。


その日、ローゼリア王国の首都ピレウスの中央にそびえたつ城の一角に設けられた国王の執務室を重苦しい空気が覆《おお》いつくしていた。

勿論、その原因はただ一つ。

先日、御子柴男爵家へと召喚状《しょうかんじょう》を届けた一団が今日の夕方に帰還《きかん》した為《ため》だ。

時刻は、夜の十九時に差《さ》し掛かったくらいだろうか。

夜の帳《とばり》が既に窓の外を支配していた。

「成程《なるほど》……随分アッサリと呼び出しに応じたもの……ね。もっとごねてくる事を覚悟していたのだけれども……」

執務室で日常の業務を終えたルピス女王は、メルティナが差し出した書類に目を通すと、背もたれに体を預けながら深いため息をついた。

そして、机の前に立つメルティナを見上げる。

その瞳《ひとみ》に浮《う》かぶのは困惑と恐怖だ。

その目に浮かぶ感情に、メルティナは罪悪感を覚える。

己《おのれ》の敬愛する主に不必要な心労を齎《もたら》すべきではない事は分かっているのだ。

だが、流石に御子柴亮真に関する情報となれば、如何にルピス女王の最も信頼篤《しんらいあつ》き側近と目されるメルティナであっても独断で動くのは難しい。

既に貴族院への根回しも済み、亮真を始末する準備は済んでいるとはいえ、報告をしない訳にはいかなかった。

「はい……いずれは呼び出しに応じたでしょうが、まさかこれほど早く応じてくるとは……使者には自らの潔白を陛下の前で証明して見せると豪語《ごうご》したそうです。言葉だけを聞けば実に殊勝《しゅしょう》な態度と言えなくもないのですが……」

言葉を濁《にご》すメルティナ。

そして、ルピス女王もそんな側近の煮《に》え切《き》らない態度に対して深く頷いて見せる。

御子柴亮真がローゼリア王国の北部一帯を支配してから今日まで、さほど時間はたっていない。

本来であれば新たに勝ち取った領土の統治に四苦八苦している時期だ。

初めから領地の統治を考えずに、財を搾《しぼ》れるだけ搾ろうというような輩《やから》か、内政という物を理解出来ない馬鹿《ばか》でもない限り、己の領地で政務に励《はげ》みたいと思う筈。

にもかかわらず、御子柴亮真はルピス達が拍子抜《ひょうしぬ》けするほどあっけなく呼び出しに応じた。

無論、それは普通に考えれば何も問題はない。

何しろ召喚状を発行したのはローゼリア王国貴族院。

その権力はまさに絶大と言っていい。

時と場合によっては王権にすら匹敵すると言えるだろう。

それに、今回はあくまでも証人に対しての事情聴取《ちょうしゅ》という体裁《ていさい》をとっている。

最初から被告《ひこく》として呼び出される場合とでは、大分意味合いが違うのは確かだろう。

だから、御子柴亮真が貴族院の呼び出しに応じたのは何ら不自然ではないのだ。

しかし、だからと言って今の状況を素直《すなお》に喜ぶほど、ルピス女王もメルティナもおめでたくはなかった。

今までも、御子柴亮真には幾度《いくど》となく煮え湯を飲まされてきたのだから。

「メルティナは、あの男は何を考えていると思う？」

ルピス女王の問いに、メルティナは首を傾《かし》げた。

敬愛する主からの問い。

一昔前のメルティナであれば、無理やりにでも答えをひねり出していただろう。

だが、今のメルティナにそんな気負いはない。

分かる事を分からないと答えるのと同じように、分からない事を分かると答える事もまた、人に道を誤らせる行為であると自覚していたから。

「正直に言って私には何とも……素直に考えれば召喚状に書かれた文面を額面通りに受け取り証人として赴《おもむ》いた……ですが、王都の門を守る衛兵からの報告によれば、あの男が王都に入る際にかなりの時間、門外で足止めを受けたと報告が来ております。恐らくはあの男に反感を抱《いだ》く貴族の誰《だれ》かが命じたのでしょう。ただ、問題は……」

「その事に対して、当事者である御子柴本人から何の報告も来ていないという事ね？」

「はい……確かに、御子柴男爵家は貴族院から召喚を受けています。確かに、送った召喚状には罪を糾弾《きゅうだん》するような文面は記載《きさい》していませんが、余程《よほど》の阿呆《あほう》でもない限り、自分の置かれた立場は察している筈です。そういう意味からすると、誰の命令で行われた嫌《いや》がらせか犯人を捜《さが》す事はかえって虎《とら》の尾《お》を踏む行為ともいえます」

流石にどんなお人好《ひとよ》しであろうとも、半日近くも足止めを喰《く》らっておきながら、嫌がらせをされていると考えない人間はいないだろう。

御子柴男爵家の対応を担当した衛兵の話によれば、後から来た貴族がさほど待たされる事もなく王都に入っていくのを見ても、なんの抗議《こうぎ》もしなかったらしいが、それもかなり異様な対応だ。

少なくとも、メルティナの知る御子柴亮真という男であれば、これほどの扱《あつか》いをされて黙《だま》っているとは考えにくい。

その言葉に、ルピスは苦笑いを浮かべる。

「メルティナは、あの御子柴がそんな甘い判断をすると本気で思うの？」

その問いに、メルティナは小さくため息をつく首を横に振《ふ》った。

自分自身も、己の発言がどれほど荒唐無稽《こうとうむけい》な事かは理解しているのだ。

「いいえ、あの男に限ってその可能性は極《きわ》めて低いかと。それに……」

そう言いながら、メルティナは準備してきた地図を机の上に広げた。

内乱終結後の論功行賞で男爵位とウォルテニア半島という魔境《まきょう》を領地として与えたのは、御子柴亮真という男を飼い殺しにしたかった為だ。

国民ですらない、どこの馬の骨とも言えない傭兵を身分制度の厳しいローゼリア王国で重用するのは不可能な事であったし、だからと言って当初の約束通りに幾ばくかの恩賞と共に在野へ放逐《ほうちく》するのは、為政者という立場から考えると、あまりにも危険な賭《か》けと言えた。

確かに、当初の契約《けいやく》を一方的に破棄《はき》すると言う観点から見れば、それは信用を落とす選択《せんたく》だったのは確かだろう。

ルピス・ローゼリアヌスという女が持つ、数少ない美徳の一つを自らの手で放棄《ほうき》する事になるのだから。

だが、御子柴亮真の内乱時に見せた手腕から考えればその決断はやむを得ないといえる。

国家の安全保障として、あれほどの謀略《ぼうりゃく》の才が他国に仕える可能性を許容する事は出来ないし、かといって平民を重用すれば貴族達からの反感を買う。それはただでさえ支配基盤《きばん》の脆弱《ぜいじゃく》なルピス女王にとって更《さら》なる重荷でしかなかったのだから。

エレナは部下の進言を握《にぎ》りつぶしていたようだが、実際ルピスの下にも御子柴亮真の粛清《しゅくせい》は進言されていた。

それほどまでに、成り上がり者への反感は強かったのだ。

また、ルピス女王自身が亮真を信頼《しんらい》しきれなかった事も原因の一つだろう。

【狡兎《こうと》死して走狗《そうく》烹《に》らる】の故事は誇張《こちょう》でも何でもない。

洋の東西を問わずに、権力者の最大の敵は有能な部下であるというのは変わらないのだから。

だが、ルピスは御子柴亮真を殺さなかった。

いや、御子柴亮真という人間が持つ底知れない不気味さによって、殺すという選択肢《せんたくし》を選べなかったと言うべきだろうか。

恐らく、そのどちらもが正しい。

しかしその結果、今では御子柴男爵家の領土はローゼリア王国の北部を制圧するまでに拡大している。

勿論、切れ者である事は当初より分かってはいた。

だが、短期間にこれほどの急成長を見せつけられるとルピスとしてもため息をつくより他に術《すべ》がない。

「それにしても、やはり改めて地図上で確認《かくにん》するとため息しか出ないわね……どうあってもあの男に北部の領有を認める訳にはいかないわ……」

その言葉に、メルティナは深く頷いた。

「その御判断《ごはんだん》は正しいかと。紛争《ふんそう》の結果、北部十家の面々を自分の指揮下に置いたというのであればまだ多少は交渉の余地も有ったかもしれませんが、今回ばかりは難しいでしょう。密偵《みってい》からの報告では、あの男は北部十家の当主の殆《ほと》んどを戦で討《う》ち取るか、戦後処理の一環《いっかん》として死を強要したようです。まぁ、表向きは各当主達が自ら名誉《めいよ》の自裁を選んだという事になっていますが……恐らくは」

そこから先は口にする必要がなかった。

「まぁ、そうでしょうね。実にあの男らしいやり口だわ」

ルピス女王の言葉に、メルティナは沈痛《ちんつう》な面持《おもも》ちで頷く。

「敗者の処遇《しょぐう》を決めるのは勝利者の権利ではあるのですが……それだけ見ても、あの男の腹の内は見《み》え透《す》いています」

今回の御子柴男爵が引き起こした戦における最大の問題。

それは、戦その物ではない。

確かに貴族が勝手に戦を始めたこと自体は褒《ほ》められた事ではないだろう。

だが、ローゼリア王国と言う国が定めた法律的には、そこまで大きな問題ではない事もまた事実なのだ。

村の井戸《いど》の所有に始まり、領地の境界線を巡《めぐ》る争いや、他の領地へ逃亡《とうぼう》した犯罪者の引《ひ》き渡《わた》しなど、この大地世界では領主間の戦の火種がはいて捨てる程存在している。

それこそ、日々の生活に使う薪拾《たきぎひろ》いの為の林の領有権を巡って小競《こぜ》り合《あ》いになる事も有るのだ。

規模の大小はさておき、貴族家同士が矛《ほこ》を交えるという状況自体は少なくない。

無論、本来であればそれらはローゼリア王国の法によって裁かれるべき問題ではある。

だが、通信技術が乏《とぼ》しく、街道《かいどう》整備もおぼつかない大地世界では、それらを一々裁くだけの時間も労力も存在しない。

このローゼリア王国に限らず、大地世界全体において法という支配基盤が非常に脆弱なのだ。

だから、地方領主の戦はある程度の規模までは当事者同士の事として認めている。

形式としては貴族院が調査し、国王が追認《ついにん》する形をとってはいるが、結局のところは勝者の言い分が優先されるという事に他ならない。

一種の暗黙《あんもく》の了解《りょうかい》といえるだろう。

また、それでも今まではまかり通ってきた。

だが、今回に関してはそういった慣例的な調整は難しいだろう。

（当主の死もそうだけど、跡継《あとつ》ぎの件も頭が痛いわ……）

何しろ、断絶の憂《う》き目《め》を見ている貴族家すらも出ている。

貴族同士の戦自体は珍しくもない。

だが、此処迄《ここまで》凄惨《せいさん》になる事はまずないのだ。

何しろ貴族階級は婚姻《こんいん》によって複雑な血縁《けつえん》関係を構成している。

いわば身内だ。

勿論、身内だからと言って族滅《ぞくめつ》が全くない訳ではないのだが、長いローゼリア王国の歴史を紐解《ひもと》いても、此処迄大規模となると十指で足りるだろう。

ましてや、それを引き起こしたのが散々蔑《さげす》んできた成り上がり者。

北部十家の各家と血縁関係を持つ貴族達が猛《たけ》り狂《くる》うのも当然と言えるだろう。

「そうね……それに貴族達の感情はさておき、国防という観点だけで考えても、御子柴に北部を支配させる事は許容出来ないわ」

その言葉に、メルティナは深く頷く。

今回の話は国法に基《もと》づくと判断の分かれるグレーゾーンと言える。

慣習に背《そむ》いてはいるが、どこまで罪として裁けるかは非常に微妙《びみょう》だ。

通常であれば、多少は領土を没収《ぼっしゅう》したとしても、北部の大半が御子柴男爵家の所領として認める事になる。

しかし、ローゼリア北部といえば、王国全体の五分の一近くにもなる広大な土地だ。

それが御子柴男爵家の持つウォルテニア半島に併合《へいごう》されれば、下手をすると大陸南部に群雄割拠するタルージャ王国やブリタニア王国などよりも巨大《きょだい》な領地が生まれてしまう。

それはまさに公国という枠組《わくぐ》みですら抑えきれない程の規模だ。

また、それほどの規模の領土を持った御子柴亮真が、今後も大人しくローゼリア王国に仕えるかどうかは大きな疑問だろう。

「領土の広さだけ見れば御子柴男爵家は凡《およ》そローゼリア王国の三分の一近くを占める事になります。これは臣下が持ちえる領地としては破格という他に言い様がありません。これでは……イラクリオンを領有していた当時のゲルハルト公爵《こうしゃく》以上の脅威《きょうい》です。それに加えてあの男の性格を考え合わせると……」

そう言うとメルティナは言葉を切った。

それを口にするのは余りにルピスに対して不敬だと感じたからだ。

もっとも、そんなメルティナの気遣《きづか》いはルピスにとって今更意味のない物でしかない。

「そうね……時期は分からないけれども、恐らくあの男は独立を目指すでしょうね……私の知っている御子柴亮真ならば……ね」

ルピスの顔に苦悶《くもん》の表情が浮かんでいた。

認めたくない事実を無理矢理《むりやり》認めさせられた時の様な顔だ。

だが、それも致《いた》し方《かた》ない事だろう。

定式上、御子柴亮真は臣下なのだ。

それが独立を目指すという事はつまり、ルピス・ローゼリアヌスが支配者に相応しくないと言われたようなものだろう。

確かにルピス・ローゼリアヌスと言う女に支配者としての資質や適性はないし、その事はルピス女王本人も痛感している。

だが、それでもその事を改めて突き付けられれば、穏《おだ》やかでいられる筈もなかった。

「陛下……」

メルティナは知っている。

ルピスが女王としてこのローゼリア王国の王座に座《すわ》ったその日から、どれほどの思いでその身を犠牲《ぎせい》にして来たのかを。

メルティナは理解している。

ルピスの心が既に壊《こわ》れかけてきているという事に。

だから、メルティナは心の底から誓《ちか》うのだ。

自らの終生の主に最後の最後まで付き従うと。

（御子柴亮真……貴様は確かに戦の才能に恵《めぐ》まれた英雄だ……ザルツベルグ伯爵《はくしゃく》を討ち取った手並みも見事な物だ。それも素直に認めよう。それに為《い》政者《せいしゃ》としての能力も高い。北部十家との戦が終わって間もないのに、密偵の報告では既に城塞《じょうさい》都市イピロスには活気が戻りつつあると聞いている。貴族院の召喚を素直に受けたのもその自信の表れ。恐らく、このローゼリア王国の貴族達の中でも政治的な手腕《しゅわん》は屈指《くっし》と言っていい）

それは到底納得《とうていなっとく》は出来ない事実だ。

過去のメルティナであれば、そんな現実から必死に目を背けていた事だろう。

しかし、今のメルティナはそんな自らの感情に振り回《まわ》される事はない。

かつての同僚《どうりょう》を死に追いやってまでも張《は》り巡らせた罠《わな》なのだから。

（だが、このまま貴様の思い通りにはさせない。たとえそれがどのような手段であろうとも……な）

その瞬間《しゅんかん》、メルティナの瞳に暗い炎《ほのお》が宿った。

「やはり、手は一つしかないわね……」

机に両肘《りょうひじ》をつき、手で口元を隠《かく》しながら黙り込んでいたルピス女王が小さく呟《つぶや》いた。

その呟きは小さいが、ハッキリとメルティナの耳へと届く。

そして、ルピス女王の言う手が何を意味しているかを、今更改めて問う必要はなかった。

その為に、貴族院へも根回しをしたのだから。

（それに、犠牲になる事を承知の上で、クロニクル男爵を密使として送りこんだ事も……）

だから、メルティナの答えは決まっていた。

「それでは陛下。当初の予定通りに進めさせていただきます」

なるべく、冷徹《れいてつ》な感じを持たせるように注意しながら、メルティナは己が主へ頭を下げた。

今この場で主が求めているのは、一歩を踏み出《だ》す勇気と決断の為の最後の一押《ひとお》しなのだと理解していたから。

そして、静かに踵《きびす》を返すと部屋を後にした。

主に心の整理を行う時間を与える為に。

しかし、執務室《しつむしつ》を後にしたメルティナの顔には、焦燥《しょうそう》と不安の色が色濃《いろこ》く浮かんでいた。

ルピス女王には見せなかったが、メルティナ自身も御子柴亮真の狙《ねら》いが分からない事に対して、苛立《いらだ》ちを感じている。

ただ、それを主に見せないだけの思慮深《しりょぶか》さを身に付けただけの事だ。

此処でルピス女王の不安をあおる様な事を告げても、何の解決にもならないどころか、かえって判断を狂わせてしまう様な事にしかならないのを、メルティナは既に理解していた。

(十全な準備はしている。審問《しんもん》に持ち込みさえすれば全《すべ》ては終わる筈だ……)

そう言い切れるだけの準備はしてきた。

今回の策を成功に導く為ならば、どれ程の屈辱《くつじょく》でも甘《あま》んじて受けるだろう。

自分の騎士としての誇《ほこ》りなど捨て去る覚悟も疾《と》うの昔に出来ている。

(だが、此処はミハイル殿《どの》とも相談しておく方が良いだろう……な)

自信と過信は違《ちが》う。

過去の苦い経験から、その差を嫌と言う程に思い知らされたメルティナとしては、最後に頼《たよ》る事が出来る人間は一人しかいなかった。

だから、メルティナは足早に王宮の廊下《ろうか》を進む。

この祖国の行く末を憂《うれ》う同志の下へと。


その日の深夜。

時間は既に深夜0時を過ぎている。

王都ピレウスの一角に佇《たたず》むとある屋敷《やしき》の窓からは、未だに灯《あか》りが零《こぼ》れていた。

メルティナより一通りの話を聞き終え、ミハイル・バナーシュは深いため息をついた。

「成程《なるほど》な。それでこんな夜更《よふ》けに俺を訪ねてきたという訳か」

「急な訪問で申し訳ありません。ですが……」

謝罪の言葉を口にしたメルティナをミハイルは手で遮《さえぎ》った。

とは言え、それは別に不快感や苛立ちを覚えたからという事ではないらしい。

「気にする必要はない。王国へ忠誠を尽くすのに昼も夜もないからな」

そう言うと、ミハイルはソファーに座ったまま、膝《ひざ》の上に両手を組むと徐《おもむろ》に顎《あご》を乗せた。

その眉間《みけん》には深い皺《しわ》が寄せられている。

黙り込んだミハイルへ、メルティナは気まずそうに問いかけた。

「一応、陛下にはこのまま策を進めるべきだと進言しております。ただ私自身、少しばかり気になりまして……」

その言葉に、ミハイルは大きくため息をついて頷く。

実際、ミハイルから見ても、メルティナのとった行動は間違っていないのだ。

（メルティナ殿の判断は正しい。今、あの方を不安にする必要はないだろう。だが……あの男の動きが読めないのは確かに気になる……）

以前のミハイルであれば、ルピス女王へ自らが抱いた懸《け》念《ねん》を伝えないメルティナに対して、痛烈《つうれつ》な批判をした事だろう。

君主に対しては何事も包《つつ》み隠さず、事実を伝えるべきだと言うのは、臣下として当然の心構えだと考えていたから。

だが、先の内乱が終結してから今日《こんにち》まで経験した多くの苦労は、猪突猛進《ちょとつもうしん》で王家への愚直《ぐちょく》な忠義しかなかったこの中年男を大きく成長させていた。

「陛下への進言は正しいだろう。確か先日の話では、今回の件で貴族院側へ根回ししたのはあの女と言う話だったな。確かハルシオン侯爵《こうしやく》の娘《むすめ》の……シャーロットと言ったかな？」

ミハイルの脳裏に、一人の女の顔が浮かんでいた。

それでも、メルティナへ確認したのには理由がある。

正直に言えばシャーロット・ハルシオンとミハイルはそこまで親しいとは言えない。

何しろ、シャーロットはルピス女王に侍《はべ》る女官達の頭であると同時に、私的な御友人《ごゆうじん》と言う立場。

女王の近辺に仕える侍女《じじょ》の管理選定に始まり、お茶会や舞踏会《ぶとうかい》での補佐《ほさ》や、身に着ける衣服や装飾品《そうしょくひん》の相談に乗る事など俗《ぞく》に言うところの内々の仕事が主になる。

それに対して、ミハイルの仕事はあくまでも軍務が主だ。

昔こそ警護役としてルピス女王に常に付き従っていたとはいえ、今では騎士団《きしだん》の管理や国内の哨戒《しょうかい》任務などが主な仕事になっている。

同じ王家に仕えている貴族とは言え、職域が完全に異なっているのだ。

だから、ミハイルが確認をしようとしたのは当然と言えるだろう。

しかし、メルティナはそんなミハイルの問いに目を見張った。

(まさか、ミハイル殿の口から彼女の名前が出るとは……)

ミハイルと、シャーロットが親しくないのは確かだ。

とは言え、年に数回程度は王宮内で顔を合わせる事はあるし、ルピス女王を介《かい》してではあるが接点が全くない訳でもない。

第一、シャーロット自身の能力と、彼女《かのじょ》の父親であるアーサー・ハルシオン侯爵の立場と権勢を考えれば、如何《いか》に接点が少ないとはいえ名前や顔を知らないでは済まされないだろう。

いや、ミハイルがルピス女王の役に立とうと本気で考えるのであれば、把握《はあく》していて当然の知識だと言える。

問題は、そんな王宮内の常識とも言うべき処世術を、今までのミハイルは拒絶《きょぜつ》してきた事だ。

確かに、清貧を重んじ忠義を旨《むね》とする騎士道という観点で考えれば、そんな処世術などは邪道《じやどう》であると考えても不思議ではない。

しかし、今のミハイルにはそういった頑《かたく》なな様子は見られなかった。

「彼女をご存知《ぞんじ》でしたか？」

「王宮内での噂《うわさ》は耳にしている。相当な切れ者と言う噂だし、陛下からの御信頼《ごしんらい》もかなりのものと言う話だ……今回も貴族達《たち》の反発を無理やり抑え込んで見せたとか。父親であるハルシオン侯爵の後ろ盾《うしろだて》があるにせよ、あの若さで大したものだな」

宮廷《きゆうてい》内の動きに対しても抜け目なく情報を得ているミハイルの言葉に、メルティナは驚《おどろ》きを隠せない。

（やはり、この方は変わられた……いや、変わらざるを得なかったというべきか……だが、どちらにせよ、これは歓迎《かんげい》するべき事……）

以前から感じていた事ではあるが、過去の騎士道精神に凝《こ》り固《かた》まった男はもうこの世には存在しないらしい。

その代わり、今メルティナの前に居るのは、清濁《せいだく》を併《あわ》せ持《も》つ覚悟《かくご》と度量を持った頼《たの》もしき同志の姿だ。

改めてメルティナは目の前の男に相談を持ち掛《か》けた自らの判断の正しさを確信していた。

「はい。なのでシャーロット・ハルシオン殿の立場も考慮《こうりよ》しなければなりません。今更《いまさら》中止などという事になれば、今後貴族院は我々に協力はしなくなるでしょうし……」

「そうだな……少なくとも、今の段階で貴族院との調整を反故《ほご》にするのはリスクが大きすぎる。尽力《じんりょく》してくれたシャーロットの立場も危《あや》うくなるだろう。問題はそうなった時、彼女の父親であるハルシオン侯爵が黙っているかどうかだが……」

貴族階級に属する人間は、メンツを何よりも重要視する。

メンツを潰《つぶ》されて報復をしない貴族は基本的に存在しないだろう。

いや、存在出来ないと言うのが正しいだろうか。

メンツを潰されて報復しない貴族は、報復する力を持たない弱者であると周囲からは見られてしまう。

そして、弱者とは常に虐《しいた》げられ奪《うば》われる存在。

それは、支配階級である筈《はず》の貴族であろうとも逃《のが》れられない真理だ。

メンツを維持《いじ》できるかどうかが、単なる心理的な意味だけではなく、実利の面で不利に働いてしまう訳だ。

「はい、そうなれば、せっかく貴族達の敵意があの男へと向けられるように調整してきた今までの策が無駄《むだ》になりかねません……そういう意味からしても、今更方針を変える事は出来ないでしょう……ですが」

「あの男の思惑《おもわく》が読めないと？」

ミハイルの問いは、メルティナが抱いた懸念を正確に指摘《してき》していた。

「はい。確かに貴族が貴族院からの召喚状を無視するのは悪手です。場合によっては家名の断絶も有り得ますから」

「そういう意味では、あの男も我《わ》が国《くに》の貴族の端《はし》くれである以上、素直に召喚に応じるのは自然ではあるが……な」

そこで二人は自然と口を閉じて考え込む。

確かに御子柴亮真の動きは一見したところ、何ら不自然さを感じない。

少なくともローゼリア王国の貴族がとるべき行動として考えた時には、何の問題もないように見えるのだ。

(しかし、それは本当にそうなのだろうか？)

貴族院の召喚に応じる。

これは、ローゼリア王国の法でも定められている。

それを見越《みこ》して、今回の策謀《さくぼう》が立案されているのも事実だ。

そういう意味からすれば、今の状況は好都合ではあっても、不都合ではないだろう。

自分の描《えが》いた絵の通りに事が進んでいるのだから。

(だが、だからと言って、あの男が何の手も打たないで貴族院の指示に従うと言うのも不自然ではないだろうか？)

その思いがメルティナの脳裏にこびりついて離れようとしなかった。

「やはり、私の考えすぎでしょうか？」

おもむろに口を開いたメルティナに対して、ミハイルはゆっくりと首を横に振った。

「いや、メルティナ殿の懸念も当然の事だ。国の行く末がこの策の成否にかかっている以上、考え過ぎという事はないだろう。特にあの男の事に関しては、警戒《けいかい》してし過ぎるという事はないだろう」

「ミハイル殿もそのようにお感じになりますか？」

「今迄《いままで》を考えると……な」

その言葉に、メルティナは無言のまま頷く。

「ただ、不審《ふしん》ではあっても、正直に言って手の打ちようが有りません」

表向き、御子柴亮真の行動に落ち度はない。

（いっその事、門を守る衛兵を無礼打ちにでもしてくれれば……）

そんな冷酷《れいこく》とも言える考えがメルティナの脳裏に浮かぶ。

勿論《もちろん》、その場合は貴族としての品位を貶《おとし》めたとして断罪するだけの事。

民衆の反応を考えると、救国の英雄を処断したという従来の想定よりも、傲慢《ごうまん》な成り上がりの貴族を断罪したという方が、遥《はる》かにルピス女王にとっては都合が良いのは確かなのだから。

しかし、御子柴亮真はどこの誰が企《くわだ》てた挑発《ちょうはつ》かは不明だが、見事に自制して見せた。

そんなメルティナに対して、ミハイルは躊躇《ためら》いがちに口を開いた。

「実のところ、俺にも少し気になる事があるのだ」

「私がお話しした一件以外に……ですか？」

その言葉に小さく頷くと、ミハイルは部屋の壁際《かべぎわ》に置かれている書架《しょか》から一枚の地図を持ってきた。

「メルティナは、ザルツベルグ伯爵家《はくしゃくけ》が所有する屋敷が、王都の周辺に二つ存在しているのを知っているか？」

「王都の近くに……ですか？」

思いがけない言葉に、メルティナは首を傾げた。

メルティナの実家であるレクター家は質実剛健《しつじつごうけん》を旨とする家柄《いえがら》だ。

歴史ある名門騎士《きし》の家柄とは言え、その生活は有力貴族の柄《がら》に比べればかなり慎《つつ》ましい。

ましてや、近衛騎士団や親衛騎士団と言った王族に近い騎士団を歴任してきた事もあり、レクター家の所有する領地に足を運ぶ機会も殆どないのだ。

だからこそ、王都近郊《きんこう》で態々《わざわざ》屋敷を複数構えるという話を理解しにくかったのだろう。

そんなメルティナの反応を確かめながら、ミハイルは言葉を続ける。

「そうだ、一つは王都ピレウスの中にある貴族達が屋敷を構える一角に建っている屋敷だ。大抵《たいてい》の貴族は自らの領地で暮らす本宅の他《ほか》に、王都に赴いた際に使用する屋敷を別で準備している。ここまでは知っているな？」

その問いに、メルティナは頷いた。

基本的にローゼリア王国の貴族は自らの領地に滞在《たいざい》して政務を行うのが主流だった。

とは言え、全く王都へ出向いてこない訳でもないのだ。

理由は実に様々だ。

貴族同士の諍《いさか》いから貴族院や王家へ陳情《ちんじょう》しに出向くという場合などもあるだろうし、有能であれば王宮で官僚《かんりょう》として国の政務を見る事もあり得る。

イメージとしては、江戸《えど》時代の大名を想像すると良いかもしれない。

勿論、参勤交代のような制度は、このローゼリア王国には存在していない。

だが、国表と呼ばれた領国と江戸の藩邸《はんてい》を一年ごとに行き来していたこの制度は、ローゼリア王国の貴族達の生活に似ている部分があるのは事実だろう。

「だが、中には王都郊外《こうがい》に第三の屋敷を構えている貴族も居る。目的の方は妾《めかけ》を囲う為だったり、王都内の屋敷では夜会などを行う際に広さが足りなかったりなど、様々な理由があるようだが……まぁ、それはこの際、その屋敷が建てられた経緯《いきさつ》はどうでもいい……問題は……」

そこまで言うと、ミハイルは一度言葉を切った。

そして、少し前かがみになりながら、声を潜《ひそ》めて話を続ける。

「とある伝手《つて》からの話なのだが、王都の郊外に設けられたザルツベルグ伯爵の私邸《してい》で動きがあるらしい。勿論、ユリア・ザルツベルグ伯爵夫人も今回の一件で貴族院に召喚されている。色々と家督継承《かとくけいしょう》の処理が終わっていないので未《いま》だに正式な当主とは言えないかもしれないが、彼女が王都の滞在先《たいざいさき》に伯爵家の屋敷を使うのは当然だ。それに、色々と噂のある人物だから、周囲の目を逃れる為に郊外の屋敷を選んだとも考えられる。だから、夫人を迎《むか》え入《い》れる準備かとも思っていたのだが……」

「何か不自然な点が？」

その問いに小さく頷くと、ミハイルは自らが調べた情報をメルティナへ説明し始める。

「うむ、今迄は屋敷の維持に必要な人数しかいなかったらしいが、此処半月ほどの間に、倍以上の人間を新たに雇《やと》い入れている。それに、家具や調度品を大量に買いそろえたという情報も聞いている」

「使用人の雇用《こよう》に家具の入《い》れ替《か》え……成程、普段《ふだん》であればそこまでもありませんが、ザルツベルグ伯爵が死んだ今の状況では、確かに不自然ですね……」

ミハイルの言葉に、メルティナは深く頷く。

屋敷の使用人を増やしたり、家具を入れ替えたりしたという事は、明らかに屋敷を使う意図があると見ていいだろう。

だが、長年放置されていた屋敷に急に手を入れたとなると、その目的は限られてくる。

「ミハイル殿はどのようにお考えで?」

探《さぐ》る様なメルティナの視線を受け、ミハイルはゆっくりと首を横に振った。

「残念ながら確かな情報はない……この話を私に教えてくれた人物も、そこまでは知らないと言っていた」

その言葉に、メルティナはほんの微《かす》かな引っかかりを覚える。

(この話をミハイル殿に教えた人物……いったい誰だ?)

メルティナの知る限り、ミハイルの友人や臣下に、そう言った情報通はいない。

勿論、メルティナの知らない友人はいるだろう。

だが、それにしても気になるのは確かだ。

しかし、そんなメルティナの疑問を他所《よそ》に、ミハイルは言葉を続けた。

「だが、私の部下が色々と調べてくれていてな。どうやら夜会の準備らしいのだ」

その言葉に、メルティナは思わず首を傾げた。

「この時期に夜会……ですか？」

ザルツベルグ伯爵家の屋敷で催《もよお》される夜会である以上、主催者《しゅさいしゃ》はユリア・ザルツベルグ伯爵夫人だろう。

未だ正式ではないとはいえ、暫定的《ざんていてき》にでも伯爵家の当主が自分の屋敷で夜会を開くというのであれば、それを咎める道理はない。

それに、自分の領地から王都へと昇《のぼ》ってきた地方貴族が、顔見世《かおみせ》を兼《か》ねて夜会を開くのは儀《ぎ》礼《れい》の一つとして慣例化している。

しかし、貴族院からの召喚《しょうかん》を間近に控《ひか》えているこの時期に、夜会を開催《かいさい》すると言うのは、あまりにも常識はずれな行動とも言えた。

（それに、ユリア夫人は夫を亡《な》くした身……それが……）

ローゼリア王国の貴族達の慣習から考えると、光神教団の修道院に入って世間から身を引くか、一年程度は喪《も》に服するのが普通《ふつう》だ。

勿論、それはあくまでも貴族社会における慣習。

仮に従わなかったからと言って、法に依《よ》って裁かれる様な類《たぐ》いの話ではない。

だが、法的に問題が無かろうとも、伝統や慣習を重んじる貴族社会ではまず間違《まちが》いなく異端《いたん》視《し》される。

何しろ喪に服している間は自らが夜会を開く事はおろか、王族主催《しゆさい》の催しであっても欠席するのが普通とされているのだ。

そういった諸々《もろもろ》と考え合わせると、不自然と言うよりは異様な行動と言えるだろう。

(でも……一つだけこの不自然な動きを説明する事が出来る……)

それは、ある意味最悪とも言うべき仮定。

しかし、一度頭の中に浮かんだ仮定は、メルティナの脳裏《のうり》にこびりつく。

「まさか……あの男の差し金ですか?」

その言葉は、部屋の中にやけに大きく響《ひび》いた。

その瞬間、窓の外に稲光《いなびかり》が走り、遠くから雷鳴《らいめい》が響き渡る。

そして、雷鳴が静寂《せいじやく》の中に消え去った頃《ころ》、ミハイルはゆっくりと頷《うなず》く。

「では、やはり……ユリア・ザルツベルグ伯爵夫人は……」

メルティナはソファーから勢いよく立ち上がりながら叫《さけ》んだ。

「確たる証拠《しようこ》は無い……だが、他の北部十家で生き残った人間と言えば、【双刃《そうじん》】と謳《うた》われたロベルト・ベルトランとシグニス・ガルベイラの他に数人だけだ。それに、あの男が自分に敵対した人間の妻を生かしておくとは到底《とうてい》思えない……だが、ユリア夫人があの男に付いたと仮定すれば全ての辻褄《つじつま》が合う」

「ですが、ユリア夫人は夫であるトーマス・ザルツベルグ伯爵をあの男の手で殺されています。夫を殺した憎《にく》い敵とそう簡単に手を結ぶなど……」

普通に考えれば有り得ない。

少なくとも、メルティナの常識では、考えられない事だ。

しかし、ミハイルは大きなため息をついて首を横に振る。

「確かに、普通で考えればまずありえない事だろう。だが……ザルツベルグ伯爵の乱行に関してはメルティナ殿も一度は耳にしたことがある筈。それに、ユリア夫人と言えば商家の出ながらザルツベルグ伯爵家の内政を一手に取り仕切る烈婦《れっぷ》と聞く……形勢不利と見て夫を切り捨てる事を選んだとしても不思議ではない。勿論、そう思わせておいて、あの男の首を狙っている可能性もあるにはあるが……もしそうであれば、ユリア夫人から何らかの連絡《れんらく》があるのではないか？」

「それは、確かに……」

ミハイルの問いに、メルティナは返す言葉を失う。

しかし、否定したくとも反論する為の材料がないのだ。

（ミハイル殿の話は全て仮定……何一つ確かな事など無い……だが……）

考えれば考える程に、答えは一つしかない様に思えてならない。

「それでは、ザルツベルグ伯爵家の屋敷で開かれる夜会と言うのは、まさか……」

「それがどのような形であるかまでは分からないがな……恐《おそ》らくは、御子柴男爵《だんしゃく》家の力を誇《こ》示《じ》する為だろう」

その言葉に、メルティナの顔が苦悶で歪《ゆが》んだ。

この時期に、御子柴亮真が自分の力を誇示する理由など一つしかないのだから。

しかし、そんなメルティナとは対照的に、ミハイルは落ち着きを保ったまま悠然《ゆうぜん》と口を開く。

「だがな、これは好機とも言えるのだ」

「それはどういう?」

ミハイルの言葉の意味が理解出来ず、メルティナは思わず声を荒《あら》らげた。

「あの男の誘《さそ》いに乗る様な貴族なぞ、この国には不要……そうは思わないか?」

その言葉の意味を察し、メルティナは言葉を失う。

「ミハイル殿……まさか……」

そんなメルティナに対して、ミハイルは冷たい笑《え》みを浮《う》かべて笑う。

自らが練り上げた必勝の策を胸に秘《ひ》めながら。

その夜、この部屋の灯りは朝日が地平線に顔を出すまで消える事はなかった。

第二章　王者と覇者《はしゃ》

御子柴亮真《みこしばりようま》が王都ピレウスに到着《とうちゃく》してから、数日が経過した。
とは言え、王都の日常には何の変化もない。
人々は誰もが笑みを浮かべ、笑いながら大通りを歩いていく。
行商の隊列が次々と城門を潜《くぐ》り王都の中へと進み、多くの荷車が通りを行《い》き交《か》う。
それは、普段と変わらぬ穏やかな日常の一コマ。
そう、少なくとも表面的な部分では。
だが、見えない水面下の部分では、既《すで》に大きなうねりが生み出されつつあった。
そして、そのうねりは少しずつ強く大きくなっていく。
この王都全体を飲み込む為《ため》に。

その日、王都ピレウスの郊外に鬱蒼《うっそう》と生《お》い茂《しげ》る森。
その中にひっそりと佇むとある屋敷では、二人の人物が会談をしていた。
一人は老け顔《ふがお》の青年。
もう一人は、栗色《くりいろ》の紙を綺麗《きれい》に結《ゆ》い上《あ》げた妙齢《みょうれい》の美女だ。

広々とした執務室に設《しつら》えられたソファーに悠然と腰掛《こしか》けながら、二人は顔を見合わせていた。

二人はまるで、この屋敷が自分の所有物であるかの様な寛《くつろ》いだ空気を醸《かも》し出している。

テーブルの上に置かれたティーポットや、お茶請《ちゃう》けとして準備されたケーキ類の種類の豊富さが雄弁《ゆうべん》にその事を物語っている。

何より、二人が座る部屋は本来、屋敷の主が使う書斎《しょさい》。

その部屋を占有《せんゆう》している事から見ても、その寛ぎ度合いは一目瞭然《いちもくりょうぜん》だろう。

とは言え、実のところこの二人は、べつにこの屋敷の所有者でもなければ、所有者の血縁者《けつえんしゃ》という訳でもない。

この屋敷の正式な主と言えばトーマス・ザルツベルグ伯爵。

少なくとも、このローゼリア王国の管理簿《かんりぼ》上ではそういう事になっている。

ただ、ザルツベルグ伯爵は既に亮真が自らの手で討ち取っており、この世の人ではない。

となれば、未だ正式な家督継承が行われていない現在において、この屋敷の主人と言えば夫人であるユリア・ザルツベルグになるだろう。

二人共、立場的にはこの屋敷の客人という事になるだろうか。

そして、その屋敷の主は今のところ席を外している。

そういう意味で言えば、この二人の立場は対等と言えるだろう。

しかし、両者の間には明確な立場の差が存在していた。

そう、王者と臣下としての差が……

「準備の方はどうだ？　……夜会までそう時間はないからな。問題がありそうなら早めに言ってくれよ」

亮真は目の前に座るシモーヌ・クリストフへ尋《たず》ねた。

その言葉に小さく頷くと、シモーヌは準備してきた書類の束を手に取る。

「概《おおむ》ね順調です。ウォルテニア半島からイピロス迄の街道は既にボルツさんの手で整備されていますので、運搬《うんぱん》には支障がありません。ただ、イピロス以南からの街道はやはり管理者であった北部十家を討ち滅《ほろ》ぼした影響《えいきょう》もあり、当初の想定よりは多少日数が掛かっています。どうしても街道の補修などはされませんから。とは言え、元々かなり余裕《よゆう》をもって日程を組んでいますので、夜会には十分に間に合いますが」

亮真の口からため息が零れた。

そんな亮真の反応をシモーヌは不安そうな目で見つめる。

自らの仕事は完璧《かんぺき》に達成しているという自信がある一方で、今度開かれる夜会が御子柴男爵家にとってどんな意味を持っているか理解しているのだ。

しばらく宙を見つめていた亮真が徐に口を開いた。

「なるほど……まぁ、想定通りか。とは言え、運搬に支障が出ているのは不味《まず》いかな？　いや、今後の事を考えると今の段階で街道の補修を行ってもどうせ無駄になるし、こっちの戦略にも支障が出てくるか……難しいところだな……」

大地世界《アース》において基本的に街道の維持整備は、その街道が通る領主達の役割となっている。

新規で開拓《かいたく》する場合などは、国が主導する場合も有るが、大半の場合は領主間で諸々の調整を済ませた上で、国へ許可を願い出るのが一般的《いっぱんてき》だ。

領主である貴族の権限の大きさを物語っているだろう。

だが、大きな権限を持つという事は、その分苦労も多い。

一口に街道の管理と言ってもその仕事内容は多岐《たき》にわたる。

主な仕事だけでも、怪物《かいぶつ》除けとなる結界柱の定期的な補修管理に、街道に敷《し》き詰《つ》めた敷石《しきいし》の点検など、枚挙に暇《いとま》がない。

それ以外にも定期的な雑草の除去はかなりの重労働だし、大雨や台風などの後には、大抵土《たいていど》砂《しゃ》や倒木《とうぼく》などに因って街道が塞《ふさ》がれてしまう事も多いのでその対応も必要になる。

そんな仕事をしていた領主達を排除《はいじょ》してしまえば、街道を管理する人間が居なくなり、維持出来なくなるのは当然だった。

(下手に禍根《かこん》を残すよりはと思っていたが……)

元々、ローゼリア王国の北部を統治していた北部十家は、先のザルツベルグ伯爵家と御子柴亮真との戦で、大半の家が断絶している。

北部十家で家名が現状で残っている家と言えば、ユリア・ザルツベルグが暫定的に家督《かとく》を継《つ》いだザルツベルグ伯爵家と、シグニスが継ぐ予定のガルベイラ男爵《だんしゃく》家。それにロベルトが継ぐ予定のベルトラン男爵家の三家のみ。

三分の一弱しか残っていない。

それに、三家は何《いず》れも家督継承の承認《しょうにん》を国王であるルピス女王から受けていない。

正式な意味での家督継承はまだ済んでいないのだ。

そういう意味からすれば、北部十家は現状、全ての家が断絶状態だと言っても過言ではないだろう。

勿論、そこには御子柴亮真の思惑が秘められている。

残りの七家の内、幾《いく》つかの家では、亮真に目を付けられている人材が登用されており、彼等《かれら》の働き次第《しだい》では家名の復興も有り得るからだ。

(まぁ、どっちに転ぶかは分からないけどな……)

元々、亮真から見て、この大地世界の貴族の多くは為政者として失格だ。

別に、重税を課す事が悪いとは言わないし、欲深い事に関しても否定はしない。

分不相応な程の傲慢さや、無意味な程のプライドの高さも、それが貴族という生き物だと言うのであれば許容する事は出来るだろう。

だが、貴族の権利を主張しておきながら、義務を果たさない点だけは、どうにも我慢《がまん》が出来ないのだ。

貴族としての義務。

この場合は為政者としての義務という方が正しいかもしれない。

ただ、どのような言葉で表すかはさておき重要な事はただ一つ。国民の安全と国の繁栄《はんえい》だ。

逆にこの義務さえ果たしていれば、賄賂《わいろ》を受け取ろうと、妾を何人囲おうとも問題ないと言うのが亮真の個人的な見解だった。

だが、亮真の見てきた貴族達の多くは、その為政者としての義務を認識《にんしき》していない。

勿論、彼等は口では、国の為、民衆の為と綺麗事《きれいごと》を並べている。

お題目としては実に立派な心構えであり発言だ。

だが、行動が伴《ともな》っていなければ、虚《むな》しいだけ。

亮真の目から見た彼等の本質は、ただの我利我利《がりがり》亡者《もうじゃ》でしかない。

何しろ、貴族の多くは集めた税の大半を自らの享楽《きょうらく》に費やすのだから。

そんな連中を生かしておく必要性を亮真は感じられなかった。

それに、このローゼリア王国に巣食う貴族達は大抵が傲慢で冷酷だ。

彼等の性格から考えて、仮に助命してやったところで、感謝などまずしない。

それこそ、成り上がり者に情けを掛けられたと感じ、逆に恨《うら》みの念を深めて復讐《ふくしゅう》に走る事が目に見えていた。

そういう点から考えても、亮真の敗者に対しての処置は正しいと言えるだろう。

(とは言え、少しばかり処分し過ぎたかな?)

今後の戦略を考えた場合、北部十家の大半には消えて貰《もら》う必要があるのは事実だ。

それに、今回の苛烈《かれつ》とも言える処断には貴族達の反感を掻《か》き立《た》て敵愾心《てきがいしん》を呷《あお》るという狙いもある。

だが、タイミング的にはもう少し後の方が良かったのかもしれない。

とは言え、それは今更言っても詮無《せんな》きことだろう。

「それで、食材の方は集まったとして、楽団や料理人の方はどうだ？　手配出来たのか？」

その言葉に、シモーヌは書類の束から一枚の紙を抜《ぬ》き出すと亮真へ差し出す。

「楽団の方は問題ありません。かなりの報酬額《ほうしゅうがく》ですが、王家主催の舞踏会でも演奏をしたという著名な楽団が来る事になっています。料理人の方も見つかりはしましたが……」

そう言うとシモーヌは言葉を濁《にご》した。

その態度を見た亮真は、手渡《てわた》された紙の資料へと素早《すばや》く目を走らせる。

「成程……鮫島菊菜《さめじまきくな》……ね」

久しく聞かない日本風の名前。

普通の人間であれば懐《なつ》かしさで取り乱す事だろう。

もっとも、亮真にしてみればこうなる可能性は事前に織り込み済みだ。

今更郷愁《いまさらきょうしゅう》など感じはしない。

事前に想定していた幾つかの可能性の一つが当たっただけの事でしかなかった。

(だが、確かにシモーヌとしては判断に困るだろうな)

そんな亮真の反応を確かめながら、シモーヌは言葉を続ける。

「はい、御屋形《おやかた》様のご命令通り、イピロスのギルドへ問い合わせをしたところ、一ヶ月ほど待たされた結果、彼女を推薦《すいせん》されました。その際に、ギルドの担当者から能力、人物共に最高ランクの推薦状も付けられています」

「推薦状……ねぇ」

シモーヌの言葉に、亮真は冷たい笑みを浮かべた。

この大地世界では人間関係が重視される。

俗に言うところのコネがあるかどうかだ。

何しろこの大地世界では、雇用とは言いつつもその本質は主従関係に近い。

少なくとも、現代社会の様に離職《りしょく》の自由などは保障されていないのだ。

例えば商家に丁稚《でっち》として雇用されれば、解雇《かいこ》にでもならない限りは生涯《しょうがい》をその店の為に費やす事となるだろう。

とは言え、利点がない訳でもない。

まともな商家なら給金以外にも衣食住の保証はされるし、独身者の場合は妻や夫の斡旋《あっせん》もしてくれる。

信用出来る人間には長く働いて貰いたいと考えるからだ。

何より、その仕事ぶりが主人に認められれば、一国一城の主として独立を許される事すらもあるのだ。

そういう意味から言えば、決して悪条件ばかりとは言えない。

ただ、問題があるとすれば、最初の一歩を踏《ふ》み出せるかどうかと言う点だ。

雇用者《こようしゃ》としては何処《どこ》の馬の骨とも分からない人間を雇用するというのはハッキリ言って大きなリスクだ。

特に、雇用者を信用出来るかどうかと言う点が最大の課題だろう。

何しろ文字の読み書きや計算能力は、極端《きょくたん》な話後からでも身に付ける事が可能だ。

だが、店の金や品物を盗《ぬす》まないかどうかという人間的な信用に関してだけは、事前に判断のしようがない。

これは商家に限らず、貴族家の使用人などにも同じ事が言える。

だから、雇用者は今雇っている人間の血縁者や友人などから人を選ぶ事が多い。

言うなれば、日本で言うところの保証人の様なものだろうか。

つまりはコネが物を言う事になる訳だ。

しかし、誰《だれ》もがそんな都合の良いコネを持っているとは限らない。

いや、そんな恵まれた人間関係などそうはないのが現実だった。

そこで出てくるのがギルドだ。

ギルドには冒険者《ぼうけんしゃ》や傭兵《ようへい》の他にも様々な人間が集まってくる。

簡単に言えば、巨大《きょだい》な多《た》国籍企業《こくせききぎょう》の様なもの。

そして、その取扱《とりあつか》い業務の中には、人材派遣《はけん》や雇用主《こようぬし》と仕事を探している人間とを結びつける人材コンサルタントの様な仕事も含《ふく》まれている。

ギルドがその人間の能力と信頼性《しんらいせい》を保証する事で、雇用主側に安心を提供している訳だ。

それを知っていれば、料理人を探している亮真が、ギルドに人材の紹介《しょうかい》を求めたのも当然の流れと言えるだろう。

たとえそこに他の秘められた目的があったとしてもだ。

「それで、彼女の腕《うで》の方は実際に試《ため》したんだろう?」

その問いにシモーヌは深く頷く。

何しろ、今回の夜会ではメインの料理を任せる大事な料理人だ。

如何《いか》にギルドの担当者が太鼓判《たいこばん》を押《お》したとはいえ、実際の腕前《うでまえ》を確かめるのは当然だった。

「ギルドからの推薦状には、エルネスグーラ王国の首都である王都ドライゼンを拠点《きょてん》とする、さる商会で料理長を務めていた腕前とか。私の方でも実際に味を確かめましたが、御屋形様のご希望通りの人材だと思われます」

その言葉に亮真は無言のまま頷く。

手渡された紙に書かれているのは、鮫島菊菜と言う女性の略歴。

いわば、履歴書《りれきしょ》の様なものだ。

(あいにく、顔写真はないけれどもな……)

とは言え、亮真が必要としている情報は全てここに載《の》っている。

(年齢《ねんれい》二十八歳《さい》、独身。身長百五十五センチ。体重は四十七キロ。おいおい、スリーサイズまであるのか……)

年齢はさておき、体重やスリーサイズなどの情報は、下手をすればセクハラで訴《うった》えられてもおかしくない様な個人情報だ。

勿論、此処《ここ》は地球ではなく異世界であるからセクハラの概念《がいねん》自体が無いのかもしれない。

だが、こんな情報まで記載《きさい》するのかと内心呆《あき》れつつも、亮真は裏面へと進める。

こちらの面が職務経歴に関しての情報の様だ。

(成程……五年ほど、ドライゼンに在る商会に勤務……その前は、大陸各地を放浪《ほうろう》しながら料理の腕を磨《みが》いた……料理のジャンルは特になし。中央大陸や南方大陸などに伝わる料理を西方大陸風にアレンジした品……ねぇ)

勿論、その経歴自体はそれほど不自然ではない。

鮫島菊菜が地球からどのような理由でこの大地世界に足を踏み入れる事になったかはさておき、料理人を名乗る彼女が作る料理は地球の味になるだろう。

仮にその事を隠《かく》したいと考えた場合、中央大陸風や南方大陸の郷土料理などという名目であればかなり誤魔化《ごまか》しが利《き》く。

(この西方大陸各地を渡《わた》り歩《ある》いた事にすれば、彼女の作る料理の奇抜《きばつ》さや斬新《ざんしん》さを周囲に納得《なっとく》させるのも楽な筈だ)

鮫島菊菜と言う名前からして、彼女が自分と同じ地球の出身者である事はまず疑い様がない。日系人の可能性もあるので日本人だと断定は出来ないものの、少なくともこの大地世界の人間でない事だけは確かだろう。

(ただ問題は、その同郷の人間が偶然《ぐうぜん》俺《おれ》の下にやって来たのか、それとも誰かの作為《さくい》なのか……だ)

だから亮真は、実際に鮫島菊菜と言う女と対面したシモーヌに彼女の印象を尋ねる。

「成程《なるほど》な……まぁ、その辺の情報は良い……それで、シモーヌはどう思う？」

勿論それはただの印象の話。

だが、海千山千の商人達と交渉《こうしょう》という名の戦場を潜《くぐ》り抜けてきたシモーヌの眼力は並み外れている。

そして、シモーヌは亮真の問いに対してゆっくりと頷く。

「証拠は何も有りません。ですが、恐らくは御屋形様のご想像のとおりかと」

別に何か理由が有る訳ではない。

シモーヌとの会話の中で、鮫島菊菜という女性が何か致命的《ちめいてき》なボロを出したという事でもない。

だが、それでもシモーヌには確信があった。

「そうか……やはり……な」

その答えに亮真は深く頷くと、腕を組んで宙を見上げた。

「それで……どうされます？」

シモーヌにしてみれば、折角《せっかく》探し出した料理人だとはいえ、怪《あや》しい人間を使うのは問題だと考えていた。

その思いが、彼女の顔にありありと滲《にじ》み出《で》ている。

（まぁ、普通に考えれば当然の判断だろうな……）

信用の出来ない人間に料理を作らせるなど、危険極《きわ》まりない愚行《ぐこう》だ。

それこそ、毒や麻薬《まやく》の類でも食事に混ぜられ亮真が倒《たお》れれば、それだけで全《すべ》ての計画が狂《くる》ってしまうのだ。

勿論、鮫島菊菜が敵である証拠は何処にもない。

しかし、疑わしいというだけで問題だろう。

(だが、彼女を使わないとなると計画が全て狂ってくる)

亮真がギルドへ出した求人の条件を考えれば、その全てを満たせる人間など極めて限られているのだ。

少なくとも、大地世界に生まれた普通の料理人では到底適《とうていかな》え様《よう》もないのだから。

(それに、組織が俺《おれ》の敵だという証拠もない……)

亮真がギルドに求人を出した理由は二つ。

勿論一つ目は、ギルドがそういった特殊《とくしゅ》技能を持つ人間の斡旋を行っていると知っていた事だが、それとは別にこの西方大陸の闇《やみ》に暗躍《あんやく》する組織と呼ばれる謎《なぞ》の集団の正体がギルドなのではないかと疑ったからだ。

そして、その疑惑《ぎわく》はものの見事に的中した。

(まぁ、今のところはギルド＝組織なのか、はたまたギルドの一部に寄生しているだけなのかは分からないけれどもな……)

それに、組織と呼ばれる集団が、本当に自分の敵なのかという点もハッキリとはしていない。

(まぁ、ユリアヌス陛下の言うように、連中が戦争を煽《あお》っているのは間違いなんだろうが……）

もし本当に御子柴亮真が組織にとって敵と認識されているのであれば、今迄《いままで》幾《いく》らでも機会はあっただろう。

何しろ相手は西方大陸全土を股《また》にかけた組織だ。

排除する方法など幾らでもあっただろう。

だが、亮真は未だに無事でいる。

その事実から考えれば、組織が自分にとって明確な敵であるとは思いにくいのも確かだった。

有るのはどれもこれも仮定と推測だけ。

確たるものなど何もない。

（なら、結論は一つか……まぁ、良い。とにもかくにも、まずは今度の夜会を乗り切ってから……だな）

そんな亮真の思いを察したのか、シモーヌは躊躇いがちに尋ねた。

「御屋形様は、今回の夜会で本当に？」

既にシモーヌは亮真の口から今後の方針を説明されている。

だから、本来であればこの場で改めて確認《かくにん》する必要はない。

だが、それを理解していても、シモーヌは問わずにはいられなかった。

「不安か？」

その問いに、シモーヌは躊躇いがちに頷く。

「夜会の狙《ねら》いは理解しています。ですが、貴族院の審問《しんもん》も間近に控えていますし、はたして何人の貴族がこちらに靡《なび》くかは……」

「予測出来ないと？」

「はい……恐れ多《おお》い事ですが……」

シモーヌ・クリストフはやり手の商人だ。

だから、利には鼻が利く。

そして、利とは時に危険を冒《おか》さなければ得られない果実である事も理解していた。

だが、それは別に博打《ばくち》を好むという訳ではないのだ。

勿論、シモーヌは亮真が今回の夜会に備えて様々な準備をしている事を理解している。

だが、その準備がどこまで効果を発揮するのかは未知数。

結局、勝負の行方《ゆくえ》は蓋《ふた》を開けてみるまでは分からないのだ。

そして、この勝負に負けた時、御子柴男爵家は間違いなく窮地《きゅうち》に陥《おちい》る事になるだろう。

そこに来て、鮫島菊菜という不確定要素の追加だ。

シモーヌが一抹《いちまつ》の不安を感じるのも当然だった。

だが、そんなシモーヌに対して亮真は悠然と頷いて見せる。

「シモーヌの言う通り、賭《か》けである事を否定するつもりはないがね。勝算がない訳じゃない。というより、勝算を少しでも上げる為に、こちらでも色々と準備している訳だしな。鮫島菊菜の方の対策もネルシオスに頼《たの》んだ調理器具などで対応出来る……だろう？」

確かに、鮫島菊菜を料理人として雇うのは危険な賭けかもしれない。

鮫島菊菜の本人の意図も不明なら、彼女《かのじょ》を送り込んできた組織の意図も読み切れないのだから。

だが、ローラ達《たち》を監視《かんし》に付ける事も出来るし、仮に毒を盛られたとしてもその際にはディルフィーナが輸送中の食器類があれば問題はないだろう。

その為の特注品なのだ。

後問題となるのは、夜会に客が集まるかどうかという点だが、そこに関しても対策は既に練っている。

「勿論、此処までやっても連中がこちらの思い通りに動いてくれるとは限らないがね。だが、夜会でこちらの意図が察せない程度の奴《やつ》なら、味方にする価値は低いだろう。仮にそいつらが俺の敵に回ったとしてもそれほど怖《こわ》くはないさ」

それはある意味では確信に満ちた言葉だ。

そこまで断言されてしまえば、臣下として仕える覚悟《かくご》を決めたシモーヌも腹を括《くく》るしかなかった。

(御屋形様の狙いも理解は出来るし……それに……今が勝負時な事も間違いないのだから)

このローゼリア王国と言う国に未来がないのは目に見えていた。

場合によっては十年程度の延命は可能であっても、既に末期状態の患者《かんじゃ》と言っていいだろう。

後は、寿命《じゅみょう》を迎えるまでただ漫然《まんぜん》と過ごすか、誰かの手で終止符《しゅうしふ》を打つかの差でしかないのだ。

ローゼリア王国は遠からず亡《ほろ》びの時を迎えるだろう。

問題は、その後どうするかだ。

共に亡びの道を歩むか、自らの活路を見出《みいだ》すか。

そんなシモーヌの決意を感じ取ったのか、亮真は笑みを浮かべて見せる。

そしてソファーから腰《こし》を上げると、窓際《まどぎわ》に置かれた執務机《しつむづくえ》の引き出しを開け、一通の封筒《ふうとう》を取り出した。

「まぁ、そんなに心配するな。こっちも何枚かは切り札が有るんだから」

そう言って差し出された封筒を受け取りながら、シモーヌは素早く手紙の封蝋《ふうろう》を確認する。

その瞬間《しゅんかん》、シモーヌは思わず首を傾《かし》げた。

（あら……この封蝋は何処《どこ》かで……）

封蝋に押された印章の意匠《いしょう》は、確かに何処かで見たものだ。

しかし、シモーヌにはそれが何処の家の物であるのかハッキリとは分からない。

（恐らくは、何処かの貴族家……それも、かなりの大身の筈《はず》……）

シモーヌは仕事柄《しごとがら》、貴族家や商家との取引が多い。

当然の事ながら、彼等が用いる印章の意匠を数多く見知っていた。

とは言え、流石《さすが》にその全てを記憶《きおく》しているとは言えない。

何しろ、ローゼリア王国だけに限定してもその数は数百。

近隣諸国《きんりんしょこく》まで広げれば、千を軽く超《こ》える。

それらの一つ一つを詳細《しょうさい》に覚えておくとなれば、もはや人間業《にんげんわざ》とは言えないだろう。

少なくとも、シモーヌが印章の意匠を目にして名前が直《す》ぐに出てこないという事は、クリストフ商会と直接取引のある家ではない事は確かだった。

(でも、見覚えがあるという事は……)

それは余程《よほど》の大身貴族か、有力な商会の物である事は間違いない。

しばらく首を傾げながら考え込むものの、どうしても名前が出てこないシモーヌは、自ら思い出す事を諦《あきら》め亮真へと尋ねる。

「これは?」

その問いに、亮真は揶揄《からか》う様な笑みを浮かべて命じた。

それはまるで、会心の悪戯《いたずら》が成功するのを待ちわびるいたずら小僧《こぞう》の様な笑み。

「開いて中を見てみな」

その言葉に従い、シモーヌは中から手紙を取り出し素早く目を通した。

そしてシモーヌは、自らの主がどうしてこれほどまでに悠然と構えているのかを一瞬《いっしゅん》で理解する。

「そういう事でしたか……通りで」

シモーヌはそう呟《つぶや》くと、手紙に書かれた送り主の名を再度確かめる。

何度見てもシモーヌの目に映るのは、先ほどと同じ名前だ。

（まさか、あの男が御屋形様と……）

それはあまりに予想だにしなかった人物の名前。

しかし、だからこそ亮真が何故《なぜ》これほどまでに自信を持てるのかが、シモーヌにも理解出来た。

「エレナさんに加えて、ようやくあの二人も腹を括ってくれたみたいだからな……」

「と言うと？」

「なぁに、先日の礼が言いたいからと手紙が来たのさ。それも、夜中に……な」

亮真の言葉にシモーヌは言葉を失う。

エレナ・シュタイナーの事は既にシモーヌも耳にしていたが、亮真が口にしたあの二人の事は初耳だったからだ。

夜の訪問という事は、勿論《もちろん》人目を避《さ》けての事だろう。

当然、その行動が意味するところは一つしかない。

（御屋形様の意向は勿論知っていたけれど……まさか、此処まで根回しが進んでいたなんて……ね）

正直に言えば驚《おどろ》きの一言でしかない。

だが、この手紙に書かれている事が本当であるならば、この国の行く末は既に決定づけられたと言っていいだろう。

「身《み》の程も弁《わきま》えず、差し出た事を申し上げました。どうぞお許しください」

そう言うと、シモーヌは深々と頭を下げた。


その夜の事だ。

時刻は既に深夜0時を回っている。

大地世界の実情を考えれば、誰もが眠《ねむ》りについている時間帯だ。

そんな時間にも拘《かかわ》らず、御子柴亮真は一人の客人を迎《むか》えていた。

「まずはお礼を。先日は義弟《ぎてい》であるエルナンの命を助けて下さりありがとうございました。本来であればエルナンが直接お伝えすべきなのは重々分かっているのですが、今あれは色々と動いておりますので……」

そう言うと、ベルグストン伯爵《はくしゃく》は一度言葉を切った。

自分がこれから告げるべき言葉の意味を噛《か》み締《し》めているのだろう。

その顔に浮かんだ葛藤《かっとう》から、亮真は目の前の中年男が何を告げようとしているのか朧気《おぼろげ》ながらに察しが付いた。

もっとも、それが分かったからと言って亮真に出来るのはただ待つ事だけだ。

両者は共に相手の目を見つめる。

数秒の沈黙《ちんもく》の後、覚悟を決めたのかようやくベルグストン伯爵は再び口を開いた。

「今日の所はご容赦《ようしゃ》いただければ幸いです……後日、改めて義弟と共にご挨拶《あいさつ》に伺《うかが》わせていただければと考えております……御屋形様」

そう言うと、ベルグストン伯爵はソファーから立ち上がって深々と頭を下げる。

伯爵位であるベルグストン伯爵が、下位の男爵位である御子柴亮真に対して明確に頭を下げたのだ。

確かに、義弟であるゼレーフ伯爵が刺客《しかく》に襲《おそ》われているところを助けたのは事実だから、日本人のまっとうな思考から考えると、命の恩人に対して最上位の敬意と礼を尽《つ》くして頭を下げる事は極めて当然という感想を持つ。

だが、この大地世界の一般的な考え方からするとかなり異質だ。

それこそ、身分制度を絶対と信じる人間の多いローゼリア王国の宮廷《きゅうてい》内で行えば、ちょっとした騒動《そうどう》になるのは目に見えている。

しかも、ベルグストン伯爵は御子柴亮真の事を御屋形様と呼んだ。

それは、明確な臣従の意思表示に他《ほか》ならない。

勿論、その意味を理解しているからこそ、ベルグストン伯爵はこういう密会の場で旗幟《きし》を明らかにしたのだろう。

そんなベルグストン伯爵の言葉に亮真は一瞬驚《いっしゅんおどろ》きの表情を浮かべた。

そして、直ぐに頷いて笑顔《えがお》を向ける。

「これはご丁寧《ていねい》に。ですが、私達は同じ志を持った仲間です。そんな堅苦《かたくる》しい言葉はいりませんよ」

亮真としては今後の事を考えて利用価値のある駒《こま》を確保しようとしたに過ぎない。

極端な話、ゼレーフ伯爵が無能ならば、亮真は彼《かれ》の命など一顧《いっこ》だにしなかっただろう。

とは言え、それを相手に面と向かって告げるのは愚《おろ》かな対応と言える。

せっかくベルグストンが亮真に対して下手に出てきた以上、亮真としても鷹揚《おうよう》に見せる必要があるだろう。

俗《ぞく》に言う上位者の余裕と言う奴だ。

何せ、ベルグストン伯爵家《はくしゃくけ》は非公式とは言え臣下の礼を取ったのだから。

これは、今まで何かと協力体制を築いてきた両者の関係を劇的に変えるだろう。

（もう少しごねるかと思ったが、ベルグストン伯爵の態度から察するに……本気で覚悟を決めてきたようだな）

勿論、ベルグストン伯爵が此処にいる時点でその心は今更《いまさら》言うまでもない。

だが、こうして向こうから態度で示されるというのは亮真としても嬉《うれ》しい誤算だろう。

何せ、これから彼らはローゼリア王国という国を相手に戦を仕掛《しか》けるのだ。

心理的に追《お》い詰めるという形の交渉は余り好ましくない。

亮真としては今後の話をある程度してからベルグストン伯爵の気持ちを確認する予定だったのだが、思いがけず手間が省けた形だ。

（まぁ、この人も色々と追い詰められているみたいだしな……）

まともな政治感覚を持っていれば、今ローゼリア王国が置かれている状況《じょうきょう》が致命的である事くらい理解していて当然と言えるだろう。

だが、理解出来る事と対処出来る事とは根本的に違《ちが》っている。

ましてや、それがベルグストン伯爵に最終的な決定権のない国の運営に関《かか》わる事であれば猶《なお》更《さら》だ。

とは言え、優秀《ゆうしゅう》なベルグストン伯爵の事だ。

黙《だま》って手をこまねいていた訳ではないだろう。

最終的な決定権を持つルピス・ローゼリアヌスに対して、自分の意見を支持するように働きかけた筈だ。

（まぁ、結果は思わしくなかったようだけどな）

だからこそ、ベルグストン伯爵は今夜、亮真を訪ねてきたのだから。

非常に残念な事だがルピス・ローゼリアヌスという女性は王という職業に向いていない。

確かに、慈悲深《じひぶか》い人間性は一見したところ、優《すぐ》れた統治者の様に見える。

側近であるメルティナ・レクターやミハイル・バナーシュが献身的《けんしんてき》に仕えているのもそのルピスの王の器量を信じているからだろう。

そして、ルピスの持つ慈悲深さに関しては亮真も異論はなかった。

だが、王の器量の話となると、結論は異なってくる。

慈悲深さは確かに王の器量の一つであり美徳だろう。

だが、その美徳を打ち消してしまう欠点があれば、意味を持たない。

より正確に言えば、ルピス・ローゼリアヌスと言う女性には、ある資質が決定的なまでに欠けていたのだ。

ルピス女王に欠けている資質。

それは、物事を自らの意思で判断し決める決断力だ。

（本当に惜《お》しい事だけどな……）

世の中に完全な人間などいないのは亮真も理解している。

自分自身も欠点だらけだと自覚もしていた。

だから本来であれば、ルピス女王の持つ欠点もそこまで致命的なものではない。

優柔不断《ゆうじゅうふだん》な人間など、この世には幾らでも存在しているのだから。

しかし、それが許されるのは一般人《いっぱんじん》の場合のみ。

（そして、残念な事にルピス女王は一般人ではない。この国の民にとっては実に気の毒な事だけど……な）

一体幾度《いくど》この事を考えただろう。

それは亮真が抱《いだ》く偽《いつわ》りのない気持ちだ。

確かに、ルピス女王にはウォルテニア半島という魔境《まきょう》に島流し同然の扱《あつか》いをされたことは未《いま》だに怒《いか》りを感じてはいた。

だが、同時にルピス女王を憐《あわ》れに感じる気持ちにも嘘《うそ》はない。

王の仕事とは決断する事。

だが、ルピス女王にはその決断力がない。

それがどういう事態を引き起こすかは言うまでもないだろう。

そこに、慈悲深さと言う要素が加わると、更《さら》に泥沼《どろぬま》になってくる。

特に酷《ひど》いのは、複数の人間から意見具申《ぐしん》があった時だ。

慈悲深いという事は、感受性が強いという事。

情に脆《もろ》いという言い方も出来るだろう。

では、決断力の低い指導者が情に脆い場合はどうなるか。

大抵《たいてい》の場合、提示された選択肢《せんたくし》の内容や現実性よりも、誰が提案したかを重視するようになるのだ。

事実、ルピス女王には、往々にして理よりも情に流されるという傾向《けいこう》がある。

それはつまり、自らの身を削《けず》る様な果断な決断が出来ないという事だ。

その最たる例がミハイル・バナーシュの一件だろう。

確かにミハイルはルピス女王にとってメルティナに並ぶ側近だ。

しかし、如何に長年付き従ってきた側近とは言え、先の内乱で独断専行した挙句、ゲルハルト公爵《こうしゃく》の捕虜《ほりょ》になるという失態を犯《おか》したミハイルを救う為に、敵対勢力の首魁《しゅかい》であった公爵の恭順《きょうじゅん》を認めてしまったのはあまりにも愚行だろう。

(勿論、情け深いというのは欠点ではないが、それも程度による)

国王が情に溺《おぼ》れて国を運営すれば、混乱して当たり前だ。

そして、その情はミハイルという男にとっても毒。

私情で動く国王を面と向かって非難するのは難しいが、国王に贔屓《ひいき》される側を責め立てるのに躊躇《ちゆうちよ》する人間は居ない。

事実、ミハイルは命こそ助かったものの、騎士《きし》としての面目《めんぼく》を失った上に蟄居《ちつきよ》を命じられた。

周囲の人間は、そんなミハイルを散々に嘲《あざけ》り罵《ののし》ったものだ。

今でこそ大分落ち着いたようだが、当時はかなり荒《あ》れていたらしい。

(それもこれも、ルピスの決断力のなさが招いた事……)

それこそ、ルピス女王が国の象徴《しようちよう》というお飾《かざ》りに甘《あま》んじる事を受け入れていれば、このローゼリア王国という国はもっと違った未来を掴《つか》む事も出来た筈だ。

そして、亮真はその道をルピス女王へ提示する事も出来た。

だが、現実は非情だ。

亮真の善意は見事なまでに裏切られ、全ては水泡《すいほう》と化す。

貴族の多くはルピスの統治能力に疑問を持ち、腹違《はらちが》いの妹であるラディーネ・ローゼリアヌスと彼女を担《かつ》ぐゲルハルト子爵《ししやく》の下に再び集まりつつある。

国内情勢も不安定だ。

貴族達の中には先行きが見えない不安から領内の軍備増強に走り、無茶《むちや》な税の取り立てを行っている者も出てきている。

まぁ、権力者が不安を感じた時に取りやすい行動ではある。

だが、税を取られる方にしてみればそんな事は知った事ではないのだ。

彼らが求めるのはただ一つ。

生活の安定だ。

極端な話、これさえ維持《いじ》できれば誰が統治者であっても彼等は眉《まゆ》一つ動かす事は無い。

結果として、平民と領主である貴族との間で衝突《しょうとつ》が起こる。

つい先日も、南部の村々が一斉《いっせい》に蜂起《ほうき》して王都から親衛騎士団《きしだん》が一個大隊ほど鎮圧《ちんあつ》に向かったばかりだ。

幸いな事に王都近郊《きんこう》はまだ平穏《へいおん》と言っていい状況だが、それもそう長くは続かないだろう。

(昨年訪《おとず》れた時よりも更に王都の通りは寂《さび》れていたしな)

国内情勢の不安定化に伴い、経済活動は縮小の一途《いっと》を辿《たど》っている。

国としてはもはや末期に近いと言えるだろう。

(まぁ、そうなる様に追い込んだのは俺だけどな)

より正確に言えば、このローゼリア王国が混乱する事を望んだ誰かさんの思惑《おもわく》に亮真が乗った形だ。

主犯とは言えないが、共犯ではあるだろう。

ただし、主犯と共犯の間に仲間意識はおろか意思の疎通《そつう》すらない。

今頃《いまごろ》、主犯の方でも、想定外に突《つ》き進《すす》む事態に何者かの介入《かいにゅう》を疑っている頃《ころ》だろう。

いや、もし仮に主犯が亮真の想像通りの相手であれば、彼らは既《すで》に見えない共犯者が誰か突き止めているかもしれない。

（どちらにせよ、貴族院での裁判が全ての鍵《かぎ》か……）

亮真は自らの体に電流の様な高揚《こうよう》感が走るのを感じた。

そんな亮真の表情から何かを察したのだろう。

ベルグストン伯爵が口を開いた。

「まずは、間近に迫《せま》った夜会ですな。私も夜会の事を耳にしてより、彼等の動向には目を光らせておりました」

その言葉に亮真は無言のまま頷《うなず》く。

今さら、ベルグストン伯爵の言う彼等とは誰を指すのかなど尋《たず》ねるまでもない。

そして、探《さぐ》る様な視線をベルグストン伯爵へと向けた。

「流石だな、一々説明しなくてもこっちの狙いはお見通しか」

「凡《およ》そのところではありますが……」

そんなベルグストン伯爵の言葉に、亮真は続けて尋ねた。

「それで、連中はどう動くと思う？」

「はい、恐《おそ》らくは御屋形様の面目を潰《つぶ》そうとするかと……」

その言葉に、亮真は薄《うす》ら笑《わら》いを浮《う》かべた。

「ザルツベルグ伯爵を潰した時の様に……か？」

それは、かつては高潔な英雄《えいゆう》だった男を外道《げどう》へと落とした卑劣《ひれつ》な罠《わな》だ。

「はい、一番可能性が高いとすれば、夜会の後に開かれる予定の舞踏会《ぶとうかい》の席上ではないかと」

その言葉に、亮真は深く頷く。

「成程な……伯爵もそう思うか……」

ベルグストン伯爵の予想はまさにローラ達の懸念《けねん》と同じだった。

(アイツらに特訓をして貰って正解だったようだ……)

正直に言えば、亮真はその特訓に対して、あまり乗り気でなかったのは確かだ。

勿論、貴族として必要な技術だと頭では理解していた。

だが同時に、今直ぐでなくても良いのではないかと思えてならない。

しかし、ローラ達から万が一に備えるべきとしつこく進言された結果、しぶしぶながらも特訓に付きあった。

内心では、ローラ達が心配し過ぎているだけだと考えていたが、どうやら彼女達《かのじょたち》が口にした懸念は杞憂《きゆう》ではなかったらしい。

(流れはこちらに来ている……)

まさに、天啓《てんけい》を得たと言ったところだろうか。

その瞬間、背筋を電撃《でんげき》のような衝撃《しょうげき》が走る。

それは、平和な現代日本で生きていた時には決して持ちえなかった快感だ。

(こうなると、この大地世界に呼ばれたのも悪くはなかったのかも……な)

そんな事を思いながら、亮真はベルグストン伯爵の前に置かれたグラスへワインを注いだ。

新しく臣従した有能な家臣を迎え入《い》れる証として。

その夜、御子柴亮真との密談を終えたベルグストン伯爵は、人目をはばかるかの様に王都イピロスの貴族街に建てられた己《おのれ》の屋敷《やしき》の裏門を潜《くぐ》った。

時刻は午前四時を過ぎた頃だろうか。

あと一時間もすれば、東の空が白み始めるだろう。

本来であれば、王都の城門は夜明けまで閉じられているのだが、そこは金と権力に物を言わせて通《とお》り抜けた。

ローゼリア王国の貴族にしては珍《めずら》しく道理を弁えたベルグストン伯爵にしては似つかわしくない行動だ。

普《ふ》段《だん》であれば、城門の外で夜明けを待つか、ザルツベルグ伯爵の屋敷で宿を借りただろう。

だが、今夜だけは一秒でも早く屋敷に帰り付きたかったのだ。

「ご苦労だったな。分かっているとは思うが今夜の事は他言無用だ」

長年仕えて来た御者《ぎょしゃ》へ口止めをすると、ベルグストン伯爵は懐《ふところ》から用意してきた小さな革袋《かわぶくろ》を手渡す。

幾人《いくにん》かいるベルグストン伯爵家の御者だが、目の前の男はその中でも祖父母の代から仕える譜《ふ》代《だい》の家臣だ。

騎士階級の出身ではないが、武法術を会得《えとく》しているそれなりの手練《てだ》れである為《ため》、護衛という側面も持つ。

今回の様に、人目をはばかる隠密《おんみつ》行動には最適人材と言えた。

御者の家はこの屋敷の厩《うまや》の隣《となり》にあり、そこで家族と共に暮らしている。

余程大きな失態でも犯《おか》さない限り、彼の息子《むすこ》も後数年もすればば見習いとしてベルグストン伯爵家に奉公《ほうこう》を始める事だろう。

そういう意味から言っても、通いの御者に比べて遥《はる》かに信用度が高いのは当然だった。

何せ、言い方は悪いが家族を人質《ひとじち》にしているようなものなのだから。

だが、だからこそベルグストン伯爵は彼の様な譜代の家臣を決して粗末《そまつ》には扱わない。

貴族にとって、信頼《しんらい》の出来る家臣ほど大切な物はないのだから。

確かに、貴族は傲慢《ごうまん》で冷徹《れいてつ》で冷酷《れいこく》であるという世間の評価は間違《まちが》ってはいない。

だが、それはあくまでも貴族という存在の持つ一面でしかないのも事実だ。

彼らは自分の力だけで今の立場を維持《いじ》出来ると考えるほど愚かではなかった。

より正確に言えば、それが理解出来ない愚か者《おろかもの》は家を保つ事が出来ない。

最終的には、病や事故といった不運が訪れその愚行の代価を支払《しはら》う事になるだろう。

借金と同じで不思議な事にキチンと請求書《せいきゅうしょ》が回ってくるものなのだ。

本人か家族、あるいはその両方へと……

「では、もう家に帰ってゆっくりと休むが良い。それで子供に玩具《おもちゃ》でも買ってやれ」

「恐れ入ります……それでは」

渡された袋《ふくろ》の重さを軽く手の中で確かめ、御者は主人に向かって軽く頭を下げる。

そして、そのまま余計な口を開く事もなく御者台《ぎょしゃだい》へと戻《もど》ると、静かに馬を進ませた。

夜の帳《とばり》は今なお空を覆《おお》っている。

とは言え、俗に言う草木も眠る丑三《うしみ》つ時《どき》と言われる時刻は午前二時から二時半ごろの事だから一時間以上も前の事。

深夜ともいえないが、明け方とも言えない、そんな中途半端《ちゅうとはんぱ》な時間帯だ。

まぁ、現代日本の繁華《はんか》街《がい》の様に、眠らない街と呼ばれるような歓楽街《かんらくがい》であればいざ知らず、普《ふ》通《つう》の人間ならば誰もが己の寝床《ねどこ》で夢を見ている様な時間だろう。

そしてそれは、貴族であるベルグストン伯爵家でも変わらない。

灯《あか》りを落とされ、真っ暗な屋敷。

使用人達もまさかこんな時間に屋敷の主が帰宅するとは夢にも考えてはいないのだろう。

例外は裏門を開けた夜警の門番と、庭を巡回《じゅんかい》している兵士くらいなものか。

そんな屋敷の中を、ベルグストン伯爵は右手に持ったランプの灯りを頼《たよ》りに進んでいく。

勝手知ったる我《わ》が家《や》だ。

台所の裏口から屋敷の中に入ると、玄関《げんかん》の広間に出てから、二階へと続く階段を上る。

薄暗《うすぐら》い屋敷の中、頼りないランプの光でもその足取りは軽い。

だが、執務室《しつむしつ》のドアノブを回そうとした瞬間、ベルグストン伯爵は室内から人の気配を感じ動きを止めた。

（誰か居るのか？）

耳を澄《す》ませば、何やら紙をめくる音が聞こえてくる。

その音を聞いた瞬間、ベルグストン伯爵の手は腰に差した剣《けん》の柄《つか》を握《にぎ》った。

滅多《めった》に抜《ぬ》く事のない剣の重さを確かめながら、ベルグストン伯爵の脳は高速で状況整理を始めた。

（暗殺者？　いや、ならばこれほど迂闊《うかつ》な行動はとるまい……）

確かに、貴族の嗜《たしな》みとして剣術《けんじゅつ》の手解《てほど》きは受けている。

だが、生粋《きっすい》の武人とはお世辞にも言えないベルグストン伯爵が扉越《とびらご》しに気配を感じた程度の腕前だ。

もし仮に、部屋の中の人物が暗殺者であるならば、そいつの腕前は二流どころか、三流にすらなれないヘボだろう。

それに、この屋敷は王都におけるベルグストン伯爵家の別邸《べってい》。

領地にある屋敷と比べても、その警備は決して緩《ゆる》くなどない。

少なくとも屋敷をぐるりと囲む塀《へい》の内側には、数十人の警備兵が定期巡回を行っている。

主人であるベルグストン伯爵であればこそ、見とがめられなかっただけの事であり、普通なら即座《そくざ》に排除《はいじょ》される事、間違いなしだ。

それに、先日起きた義弟であるエルナン・ゼレーフへの暗殺未遂《みすい》事件や、御子柴亮真の下へ送った密使が何処《どこ》ぞの密偵《みってい》だったという事件が立て続けに発生している。

それらの事も有り、警備兵の警戒《けいかい》度はさらに上がっていた。

少なくとも、暗殺者が室内に忍《しの》び込んでいる可能性は皆無《かいむ》と言えるだろう。

(だが、そうなると一体……)

執務室に入る事の出来る人間は限られている。

元々、機密情報を扱う事の多い部屋である為だ。

妻である夫人は元より、屋敷の管理を任されているメイドもこの部屋には基本足を向けないし、仮に向けたとしてもこんな夜間帯に主人であるベルグストン伯爵に黙って入る必要などないだろう。

(ならば……)

一瞬のうちにそこまでの思考がベルグストン伯爵の脳裏《のうり》に過り、彼はドアノブを回した。

そして、素早《すばや》く部屋の中に視線を走らせる。

「エルナン……やはりお前か」

脳裏に浮かんだ状況と寸分違《たが》わぬ光景に、ベルグストン伯爵は思わずため息をついた。

まぁ、如何に信頼している義弟とは言え、深夜に自分の執務室でなにやらごそごそやっていれば呆れて当然だろう。

いや、怒り出さないだけまだ理性的だとすら言える。

だが、そんなベルグストン伯爵の想《おも》いに、ゼレーフ伯爵はまるで自らの行動に一点の非もないと言わんばかりの朗《ほが》らかな笑《え》みで返して見せた。

「夜遅《よるおそ》くまでご苦労様でした。寒かったでしょう?」

そう言うと、ゼレーフ伯爵はまるでこの部屋の主の様に自然な動きで棚《たな》からブランデーの瓶《びん》を取り出してベルグストン伯爵へ掲《かか》げて見せる。

何時《いっ》も義兄《ぎけい》であるベルグストン伯爵の後ろで一歩引き、控《ひか》えめで無口な普段のゼレーフ伯爵の態度から考えれば、かなり意表を衝《つ》く行動だ。

だが、ベルグストン伯爵はそんな義弟の態度に怒りを露《あら》わにする事は無い。

上に羽織っていたマントを壁掛《かべか》けに掛けると、ベルグストン伯爵は部屋の隅《すみ》に置かれているソファーの上へとその身を投げ出す。

目の前の義弟とは長い付き合いなのだ。

今更、恰好《かっこう》を付ける意味などない。

だから、儀礼的《ぎれいてき》な挨拶も何もかも必要なかった。

「どうぞ、義兄上殿《あにうえどの》」

そう言って目の前に差し出されたグラスに注がれた琥珀色《こはくいろ》の液体を、ベルグストン伯爵は一息に飲み干す。

何度も蒸留したかなり強めの酒だ。

酒精が臓腑《ぞうふ》を焼く。

だが、その燃える様な感触《かんしょく》が一仕事を終えたベルグストン伯爵には心地《ここち》よかった。

「どうぞも何も、これは俺の酒だ」

そう言って嘯《うそぶ》くベルグストン伯爵にゼレーフ伯爵は何時もと同じ笑みを浮かべて頷く。

「無事にあの方とも話がついた様ですな。まずはおめでとうございます」

どうやら、表情や態度から今夜の結果を察したらしい。

「相変わらず、よく分かるなエルナン。何時も思うのだが、お前の観察眼というのは実に大したものだな」

その断定的な物言いに、ベルグストン伯爵は苦笑いを浮かべた。

「私と義兄上殿とは長い付き合いですからね」

そう言うと、ゼレーフ伯爵はベルグストン伯爵が持つ空のグラスへ、酒瓶《さかびん》を傾《かたむ》けた。

そして、何時もと変わらぬ口調で戯《おど》けて見せる。

「まぁ、義姉《あね》上様ほどではありませんがね」

そんな義弟の言葉にベルグストン伯爵は思わず肩《かた》を竦《すく》めて見せた。

「成程、それほどまでに私の心や考えを見透《みす》かされてしまうのであれば、二人共敵には回せない。勝負を始める前に勝敗が見えてしまうから……な」

勿論、ベルグストン伯爵とて幾多《いくた》の政治的難局を切《き》り抜けてきた政治家だ。

そう簡単に表情や仕草から腹の内を読み取られるほど甘くはない。

悲しい時に笑い、笑いたい時に嘆《なげ》く。

それこそ、本職の役者顔負けの演技力を持っているのだ。

そんな彼の演技が通じないのはこの世の中でただ二人。

最愛の妻と、目の前で笑みを浮かべている義弟の二人だ。

確かに、長年連《つ》れ添《そ》った妻であれば、ベルグストン伯爵のほんの些《さ》細《さい》な変化を敏感《びんかん》に感じ取るというのは不可能ではないだろう。

日常的に二人は接しているのだ。

勿論、四六時中一緒《いっしょ》に行動すれば必ず相手の気持ちが理解出来る様になるのかと言えば、それは正直に言って微妙《びみょう》なところだろう。

だからこそ現代では、熟年離婚《りこん》などが横行するのだから。

しかし、相手を理解するのにある程度の時間を共有する必要があるのは事実だ。

少なくとも、初めて顔を合わせた人間と数分話をしたところで、相手を理解し心を読み取るのはかなり難しい。

そう考えると、エルナン・ゼレーフ伯爵の異能は際立《きわだ》って見える。

ゼレーフ伯爵はベルグストン伯爵にとって確かに信頼する義弟だ。

だが、同じ屋敷に暮らしている訳ではない。

治める領地が違うのだから当然の事だ。

それに、如何《いか》に近い場所に領地があるとはいえ、互《たが》いに独立した貴族である以上、共に過ごす時間など限られている。

直接顔を合わせる機会と言えば、定期的に開かれる食事会や、舞踏会などの公の場が殆《ほとん》ど。

当然、二人っきりで親睦《しんぼく》を深め合う様な時間はない。

後は手紙でのやり取りくらいだろうが、それにだって限度はある。

それでも、エルナン・ゼレーフという男は、義兄であるベルグストン伯爵を深く理解していた。

ある意味においては、長年連れ添ったベルグストン伯爵夫人以上の理解者と言っていいだろう。

それが可能である理由。

それは、エルナン・ゼレーフという男は人の心を見通す目でも持っているのかと疑う程の洞《どう》察力《さつりょく》だ。

その鋭《するど》さと正確さはまさに神懸《かみが》かり的と言える。

だが、優れた能力というのは周囲から何かと危険視される物でもあるのだ。

（まぁ、だからこそこいつは政治の表舞台《おもてぶたい》から一歩引いているんだろうな……）

ベルグストン伯爵は、目の前で普段と変わらぬ笑みを浮かべる義弟へ目を向ける。

丸みを帯びた体形に人の良さそうな顔だ。

勿論、愚鈍《ぐどん》とは言わない。

しかし、決して切れ者とは思われない外見だろう。

その事に関しては、ベルグストン伯爵としても身びいきは出来ない。

（だが、ゼレーフ伯爵の真価は容姿とは関係ないところにある）

いや、関係ないどころではない。

この義弟は、自分の容姿が周囲に与《あた》える印象までも計算に入れて行動している。

何も知らない周囲から見れば、ゼレーフ伯爵はあくまで血縁《けつえん》関係を使ってベルグストン伯爵にくっついている腰巾着《こしぎんちゃく》の様な存在でしかないだろう、

だが、ゼレーフ伯爵自身が、そんな周囲の視線を逆手に取り、擬態《ぎたい》しているのだ。

ゼレーフ伯爵の見た目から、彼が持つ真の実力を見抜《みぬ》くのはまさに至難の業《わざ》と言えるだろう。

(だが……あの方達は、そんなエルナンの実力を見抜かれていた……)

ベルグストン伯爵の脳裏に、二人の男の顔が浮かび上《あ》がる。

一人は、今は亡《な》き敬愛する義父殿。

その人物の名はエルネスト侯爵《こうしゃく》と言った。

彼は、確かに貴族派の首魁であるゲルハルト公爵との政争に敗れはした。

だが、一時期はこのローゼリア王国の宰相《さいしょう》として全権を担《にな》った程の人物だ。

その政治的手腕《しゅわん》と、人を見る目の確かさは、決して否定される様なものではないだろう。

そんなエルネスト侯爵が愛する愛娘達《まなむすめたち》の婿《むこ》に選んだ男こそ、ベルグストン伯爵とゼレーフ伯爵の二人だ。

当時、口さがない王宮の雀達《すずめたち》はゼレーフ伯爵が婿に選ばれた理由について首を捻《ひね》っていたものだ。

中には、多額の賄賂《わいろ》を贈《おく》っただの、ゼレーフ伯爵が手籠《てご》めにしたから仕方なく結婚《けっこん》を認めたなどと、誹謗《ひぼう》中傷が王宮内で飛《と》び交《か》ったものだ。

普通であれば、到底我慢《とうていがまん》できない様な下卑《げび》た噂《うわさ》。

そんな噂が立つという事自体、問題視されても仕方のないレベルだ。

だが、義父であるエルネスト侯爵はそんな周囲の言葉に影響《えいきょう》され、娘《むすめ》との婚約《こんやく》を破棄《はき》しようとはしなかった。

当初からエルナン・ゼレーフと言う男を見抜いていていた証《あかし》だ。

（そして、エルナンの真価を見抜いた人物がもう一人）

つい先ほど新たな主君となった年若き覇王《はおう》もまた、ゼレーフ伯爵の事を重視している。

（恐らくは私以上に……）

そんな思いが脳裏を過り、嫉妬《しっと》の念がベルグストン伯爵の心をかき乱す。

だが、それはあくまでもほんの一瞬の事。

（馬鹿馬鹿《ばかばか》しい……子供でもあるまいし……）

ベルグストン伯爵とゼレーフ伯爵の能力は明らかに別の物だ。

政治の才と謀略《ぼうりゃく》の才。

それは喩《たと》えるなら、魚が翼《つばさ》を持つ鳥を羨《うらや》むのと同じであり、鳥が水の中を自由に泳ぐ魚に妬《ねた》む様なものでしかないだろう。

勿論、完璧《かんぺき》な才能を欲《ほっ》する心を否定はしない。

その気持ちがあればこそ、人はより高みを目指して努力するのだから。

だが、嫉妬に駆《か》られて判断を誤る様な真似《まね》だけは慎《つつし》まなければならない。

何せこれから大きな仕事が待っているのだ。

「さて、それではあのお方のご命令を聞くとしましょうか」

そう言うと、ゼレーフ伯爵は手にしていた酒瓶を机の上に置いた。

その目には、凡庸《ぼんよう》さなど既に欠片《かけら》も残ってはいない。

その瞳《ひとみ》に映るのは、ただ冷たい刃《やいば》の様な光だけ。

「あぁ、そうだな……御屋形《おやかた》様からお前に色々と伝える様にと頼《たの》まれているからな」

ゼレーフ伯爵の言葉にベルグストン伯爵は深く頷く。

そして、主より下された命を義弟へと伝えた。

どれほど時間が経《た》っただろう。

恐らく、三十分くらいは話し続けただろうか。

そんなベルグストン伯爵に対して、ゼレーフ伯爵はその間ジッと押《お》し黙ったまま話を聞き続けていた。

「とりあえずは以上だが、何か気になる事でもあるか？」

一通りの説明を終え、ベルグストン伯爵は空になっていたグラスへ酒を注ぐ。

そして、未だに押し黙ったままの義弟に対して尋ねた。

その問いに、ゼレーフ伯爵はゆっくりと首を横に振《ふ》る。

「いえ……あの方へお仕えする覚悟《かくご》を決めたとはいえ、罪の意識を感じていなかった訳ではありません。ですが、義兄上殿の話を聞き、やはりあの方に仕える覚悟を決めた事は正しかったのだと……そう思っただけです。恐らく、今度開かれる夜会はあの方の狙《ねら》い通りに動くでしょう」

それは、ゼレーフ伯爵の本心。

ゼレーフ伯爵家はベルグストン伯爵家と並んで、ローゼリア王国建国当時から連綿と続く名門の一つだ。

その歴史の意味と重さは、家を継《つ》ぐ立場になった人間にしか理解出来ない事だろう。

そして、主君を変えるという事は、その伝統を捨て去り新たな一歩を踏《ふ》み出《だ》すという事に他ならない。

如何に暗愚《あんぐ》な主君とは言え、裏切り者の汚名《おめい》を覚悟しなければならないのだ。

それは、生半可な覚悟で出来る事ではないだろう。

そして、一度は決断しても、人の心は揺《ゆ》れ動《うご》く物。

それはゼレーフ伯爵の様な人間であっても変わりはしない。

自らの決断が正しかったのかと葛藤する毎日だった筈《はず》だ。

御子柴亮真という男にそれだけの価値があるのかと……

(だから、迷いはもうない……ただ……)

ベルグストン伯爵の話を聞き、ゼレーフ伯爵には御子柴亮真の狙いが理解出来た。

その策の恐ろしさも。

だが、どれ程よく練られた策略でも、完璧という事はないらしい。

「義兄上殿……」

「なんだ？　エルナン」

言《い》い淀《よど》むゼレーフ伯爵の言葉に、ベルグストン伯爵は首を傾《かし》げた。

新たな主の器量はゼレーフ伯爵の目から見ても、及第点《きゅうだいてん》以上と言えた。

確かに、御子柴亮真の狙いは正しい。

正しいのだが、完璧ではない。

（いや、あの方の出自を考えれば、十分か……）

元々、流浪《るろう》の冒険者《ぼうけんしゃ》から身を立てた人間だ。

生粋のローゼリア貴族ではないというのは致《いた》し方《かた》ない部分ではあるが、どうしても貴族家の関係性などで疎《うと》い部分が出てしまう。

だから、普通であれば、ゼレーフ伯爵は何も言わない。

十分すぎる効果を挙げるのは目に見えているのだから。

（とは言え、もう一つ手を打ちたいところだ）

問題は、ゼレーフ伯爵の立ち位置。

（確か、伊賀崎厳翁殿《いがさきげんおうどの》……だったか？　かなりの手練れの様だが、まだこの国に根を生やして日が浅いと見える……な）

何度か挨拶を交わした程度の付き合いしかない人間だが、顔と名前は知っていた。

御子柴亮真の懐刀《ふところがたな》としてゼレーフ伯爵も注目していた人物なのだから。

（問題は、その事を御屋形様へお伝えするべきかどうか……）

普通で考えれば、伝えるべきだ。

ゼレーフ伯爵《はくしゃく》は御子柴亮真を主と認めたのだから。

しかし、有能な人間の中には、自らの能力に自信を持つがゆえに、他者の手助けや意見を受け入れない人間も居る。

御子柴亮真という男の器量はゼレーフ伯爵も理解しているものの、流石《さすが》にその配下までは分からない。

それに、御子柴男爵《だんしやく》家に仕えると決めたゼレーフ伯爵達《たち》の立場はあくまでも新参者。

新参者に対しての風当たりが強いのは何処でも同じだ。

その結果、御子柴男爵家の家臣団の間で無用な軋轢《あつれき》を生むのは得策とは言えないだろう。

(悪手であれば……)

方針が間違っているのであれば、ゼレーフ伯爵は進言する事に迷わなかっただろう。

だが、最善ではないというだけで、策そのものは決して間違ってはいないのだ。

仮にゼレーフ伯爵が最善の手を提示したとしても、九の成果を十に出来る程度の事。

その事が、ゼレーフ伯爵の判断を惑《まど》わせていた。

だが、そんなゼレーフ伯爵の迷いは、義兄であるベルグストン伯爵にはお見通しだった。

「迷うな。私達はあの方に仕えると決めたのだ。ならば臣下としての義務を果たせ」

強くゆるぎない言葉。

その瞬間《しゅんかん》、エルナン・ゼレーフ伯爵は覚悟を決めた。

ゼレーフ伯爵は自分の才が謀略にある事を理解している。

だが、その為には自分を信じてくれる人間が主君として存在してくれなければならない。

そうでなければ、牙《きば》を隠《かく》しながら義兄の陰《かげ》に隠れて生きてきた過去の自分と何も変わらないのだから。

「分かったよ、義兄上殿。早急にあの方と話す。その後は、我々二人でオルグレン子爵を訪ねる事にしよう」

そう言うとゼレーフ伯爵は、机の上に置かれた酒瓶に直接口をつけて琥珀色の液体を喉《のど》へと流し込む。

まるで、これから戦場へと赴《おもむ》こうかとするかの様に。

第三章　宴《うたげ》の始まり

青白い月明りに見守られながら、王都から郊外《こうがい》へと続く街道《かいどう》に敷《し》かれた石畳《いしだたみ》の上を、一台の馬車が車輪の音を響《ひび》かせながら進んでいた。

乗っているのは二人の男性。

いや、確かに一人は誰《だれ》がどう見ても男性だ。

年《とし》の頃《ころ》は四十代後半。

身《み》の丈《たけ》は百八十センチを幾《いく》らか超《こ》えている。

体つきはかなりがっしりとしていると言えるだろう。

いや、ハッキリ言えば人の形をした熊《くま》に近い。

二《に》の腕《うで》などは女の太腿《ふともも》以上の太さを誇《ほこ》っていた。

だが、何よりも人目を引くのは右目を覆う黒革《くろかわ》で造られた眼帯。

戦で負ったのか、額から瞼《まぶた》の上を通って頬《ほお》まで一直線に傷痕《きずあと》が走っている。

普通に考えて右目の視力は絶望的だろう。

全身からにじみ出る暴力の匂《にお》いと相まって、絹製の洒落《しゃれ》た意匠《いしょう》の服に身を包んではいるものの、あまりお近づきになりたいとは思えない類《たぐい》の人種と言える。

ムダ毛一本なく綺麗《きれい》に剃《そ》り上げた頭部を光らせているところも、男の凶悪《きょうあく》な人相を際立たせていた。

そんな男を目にして、女性かもしれないと疑うのであれば、その人間の眼球は腐《くさ》っているだろう。

しかし、この馬車に乗るもう一人の人物に関しては些《いささ》か趣《おもむき》が違った。

その青年を一目見て、男性だと言い切れる人間は少ないだろう。

いや、確かに服装は男性用の服を身に着けている。

だが、華奢《きやしゃ》な体形のせいもあり、どことなく中性的な印象を見る者に与えた。

年頃《としごろ》は二十歳代前半から半ばと言ったところだろうか。

身長は禿《は》げ頭《あたま》の男よりも大分低い。

恐らく、百七十五センチ前後といったところだろう。

丁寧《ていねい》に仕立てられた絹の服には、所々に金糸で刺繍《ししゅう》が施《ほどこ》されており、身分の高さを雄弁《ゆうべん》に物語っている。

だが、その人物は美を司《つかさど》る神から惜しみない贈《おく》り物《もの》をもらったらしい。

透《す》き通る様な白い肌《はだ》と、切れ長のまつ毛。

軽くウェーブのかかった金色の髪《かみ》の毛《け》は、うなじの辺りで一纏《ひとまと》めにされている。

それらの要素が完全なバランスを保っているのだ。

誰もが青年を見て、その美貌《びぼう》の虜《とりこ》となる事だろう。

しかし、最も間近でその美貌を愛《め》でる事の出来る男にとっては、青年の美貌になど興味が無いらしい。

今も男は、不満そうな表情を浮かべ窓の外を睨《にら》む。

「ふん……成り上がり者の男爵風情《だんしゃくふぜい》が我らを呼び立てようとはな。まさに世も末という物だ」

そう言うと、男は大きく鼻を鳴らした。

男の家は、かつてローゼリア王国を起こしたとされる初代国王に仕えた騎士が興《おこ》した由緒《ゆいしょ》ある家柄《いえがら》。

今では王国東部に領地を与えられ、ミスト王国に対する要を任じられてきた名門だ。

ローゼリア王国の貴族階級で、男の家を知らない人間は一人としていないだろう。

とは言え、威勢《いせい》を誇ったのも今では随分《ずいぶん》と昔の事。

確かに、かつてはローゼリア王国宰相であったエルネスト侯爵家と縁《えん》を結び飛ぶ鳥を落とす勢いだったのは確かだ。

だが、かの家がゲルハルト公爵家との政争に敗れて失脚《しっきゃく》した際のあおりを受けて、今ではその威勢も大分陰りが見えているのは確かだろう。

それは男も十分に理解はしていた。

とは言え、王国の建国期にまで遡《さかのぼ》る事の出来る歴史の重みは侮《あなど》れない。

今でも、十分に王国屈指《くっし》の名門貴族と言って良いだろう。

本来であれば、何処の馬の骨とも知れない成り上がりの男爵《だんしゃく》家が、突然《とつぜん》招待状を送れるような相手ではないのだ。

大地世界《アース》における貴族社会の常識から考えれば、こういった夜会の招待状はあくまでも同格かそれ以下に対して送るものとされている。

勿論《もちろん》、上位者を下位の人間が招待する場合も無い訳ではない。

だが、それはあくまでも両者に血縁関係や婚姻《こんいん》関係といった親密な付き合いがあればこその話だ。

男と御子柴《みこしば》男爵家の様に、親密どころか一面識もない間柄《あいだがら》で招待状が送られる事などまず考えられない行為《こうい》だった。

手紙一枚で呼びつけられる程度の格下の人間だと侮っているから、こんな無礼な対応をしているのだと男が憤《いきどお》っても、亮真《りょうま》には弁解の余地はないだろう。

それは、斜陽《しゃよう》を迎《むか》えているとはいえ、名門貴族の一員である男にとって何よりの恥辱《ちじょく》。

その不満が男の心にまるで溶岩《ようがん》の様に燃え盛っていた。

しかし、そんな男の態度に目の前に座《すわ》る青年が笑みを浮かべる。

「そんなに不満ならば招待を断れば良かったのに。我がマクマスター家は子爵の家柄。男爵位の御子柴家が開催《かいさい》する夜会を欠席したところで大した問題にはならないでしょう?」

そう言うと青年は声を上げて笑う。

それはまるで聞くものを惑わせると言う海の魔物《まもの》セイレーンの歌声にも似た美声。

そんな青年の言葉に男は苦虫を噛《か》み潰した様な表情を浮かべて睨んだ。

「それで話が済まない事を分かっていながら、お前はそんな事を云《い》うのか?」

男の問いに、青年は悪びれる様子もなく肩を竦めて見せる
「まぁ、確かにそれじゃぁ済まないでしょうね。御子柴男爵家の持つ力を考えれば……ね」

実際、男の憤りと青年の状況《じょうきょう》判断はどちらも正しいのだ。

貴族社会の常識という意味から言えば、今回の御子柴男爵家の対応は横紙破りと言える。

場合によっては、戦争の原因にもなるだろう。

そういう意味では、男の怒《いか》りは当然だろう。

だが同時に、御子柴男爵家はそんな横紙破りが出来る程の力を持っているのだ。

何せ爵位《しゃくい》こそ下級の地位に甘んじているが、御子柴男爵家が持つ実績と実力はローゼリア王国全土を見回しても突出《とつしゅつ》している。

先の内乱時に、劣勢《れっせい》であったルピス・ローゼリアヌスを玉座に座らせたのは、他《ほか》ならぬ御子柴亮真自身だ。

オルトメア帝国《ていこく》が起こしたザルーダ王国侵攻戦《しんこうせん》では、エレナ・シュタイナーと共に援軍《えんぐん》として彼の地《ち》へ赴き、両国の停戦に決定的な功績を挙げたと言われている。

それに加えて、御子柴亮真はローゼリア北部を支配するザルツベルグ伯爵家《はくしゃくけ》と彼《かれ》に付き従う北部十家と呼ばれる貴族達を戦で打ち破って見せた。

当然、戦に強いというのはそれだけで有形無形を問わずに大きな力となる。

今、ローゼリア王国内で御子柴男爵家と真正面から武力抗争《こうそう》を行おうという貴族は、余程《よほど》の

有力者か、さもなければ自殺願望のある愚《おろ》か者《もの》だけだろう。

その上、今回御子柴男爵家が送ってきた招待状には、ベルグストン伯爵家とゼレーフ伯爵家に加え、エレナ・シュタイナーらが連名で添《そ》え状《じょう》を付けてきている。

勿論、その添え状が持つ意味は一つしかない。

その三者とも、ルピスが女王として君臨するようになってからローゼリア王国において非常に強い影響力《えいきょうりょく》を誇っているのは言うまでもない事だ。

それらの要因と家名を保つという最大の目的を考えれば、ここで御子柴亮真からの招待を断るという選択《せんたく》は有り得ない。

たとえ相手を、成り上がり者の嫌《いや》な奴《やつ》だと嫌《きら》っていたとしても……だ。

そして青年の父親は、その態のような外見にも拘《かかわ》らず、意外に強《したた》かだし頭も悪くない。

最低限の状況判断は出来る。

だが、だからこそもう一歩先を見て欲《ほ》しいというのが青年の偽《いつわ》らざる希望。

(断れないという事を理解しているのならば、その先も考えてほしい物だ……な)

青年は父親の態度を横目に小さなため息をついた。

どうせ断れはしないのだ。

ならば、不満など口にするのは馬鹿《ばか》のする事だ。

自分が不満を持っている事を相手に伝えて何の得があるだろう。

(不満を感じるなとは言わない……だが、表には出さないでほしい物だ)

よく相手の前でだけ演技すればよいという言葉を聞くが、不満を感じている人間というのは、態度や端々《はしばし》にその思いがにじみ出る物。

それに、人の耳目《じもく》は所を選ばない。

どこで誰が聞いているのか分かりはしないのだ。

確かにこの馬車で交わした言葉が御子柴男爵家に漏《も》れる可能性は、千に一つ、万に一つの確率かもしれない。

だが、その不用意な一言が誰かの耳にでも入ったら、それは文字通り致命傷《ちめいしょう》になり得るのだから。

（まぁ、本人に面と向かって告げないだけの分別があるだけまだマシか……）

困った人間だとは思う。

とはいえ、青年は目の前の父親を見捨てようとは思わなかった。

元々、貴族ではあっても武人寄りの性格だ。

爵位を継ぐまではそれこそ近衛騎士《きし》に所属していただけあって、性格はかなり直情的。

未《いま》だに領内で怪物《かいぶつ》の被害《ひがい》が出れば自らが剣を取って先陣《せんじん》を切る武力を誇っている。

家の当主として先陣を自ら切るという行為が良いかどうかはさておき、領民の為に自らが血を流そうという覚悟を持っている点だけは高く評価してよいだろう。

領内の統治に関しても悪くはない。

凄腕《すごうで》とまでは言わないが、実直で安定した手腕は領民からも信頼されている。

ローゼリア王国に仕える貴族の中には、人間の屑《くず》の様な連中が多い中で、青年の父親は及第点をやれるだけの力量があるのだ。

だが、だからこそ青年は自らの父親に己の心を隠す術《すべ》を身に付けてほしかった。

そう、マクマスター子爵《ししゃく》家を守る為に。

(今夜の夜会は何かある……問題はそれが何か……だ)

ここ数日、心を占《し》める疑問が再び沸《わ》き上がり、青年は眉間《みけん》にしわを寄せて考え込んだ。

御子柴亮真が貴族院からの召喚状《しょうかんじょう》によって王都に呼び出されたという話は、マクマスター子爵の耳にも入っている。

確かに状況確認《じょうきょうかくにん》の為の証人喚問《かんもん》という名目ではあるが、普通に考えればこれから貴族院で行われるのは裁判だ。

勝手に王国内で戦を起こし、北部十家の領地を奪《うば》い取《と》った罪。

どちらも大罪ではある。

だが、普通であれば貴族間の領地紛争《ふんそう》はそこまで大きな問題には発展しない。

確かに、相応の賠償《ばいしょう》は求められるかもしれない。

だが、勝者の正義が優先されるのが貴族社会の慣例。

他家の人間に口を利《き》いてもらい、なぁなぁで済ませるのが今までの慣例だった。

しかし、今回は話が違《ちが》ってくる。

ザルツベルグ伯爵の死に加えて北部十家の三分の二以上が文字通りの断絶とくれば、高貴な血を自任し血縁関係を重んじるこの国の貴族社会において、御子柴亮真への印象は最悪と言えるだろう。

何せ、御子柴男爵家を庇《かば》おうとする家が、ただの一家も今の貴族院には存在しないという事実がそれを物語っていた。

（まぁ、実力はあっても所詮《しょせん》は成り上がり者。他家との繋《つな》がり等《など》ないだろうからな）

その改善策とも考えたが、今更《いまさら》一度ばかり夜会を開いたところで、ここまで悪化した親密度が急に上がる筈もないのだ。

極端《きょくたん》な話、貴族の人間関係も平民の人間関係も基本は同じだ。

どれだけ相手と話をし、共に時間を共有したか。

勿論、映画に出てくるような生死を賭《か》けた状況ならば短い時間でも無二の親友になれるかもしれないが、そんな特別な状況でもない限りは、費やした時間がそのまま親密度になる。

（御子柴男爵がそんな事も分からない馬鹿だという可能性もあるが……）

青年は今回の招待状を受け取ってから今日まで、マクマスター子爵家の持つ全《すべ》ての伝手《つて》を頼って御子柴亮真という男の情報を集めて来た。

無論、父親の性格から分かる様にマクマスター子爵家の情報網《じょうほうもう》は決して優《すぐ》れてはいない。

だが、数少ない情報を繋ぎ合《あ》わせ総合的に仮定した御子柴亮真の人物像はそんな愚物《ぐぶつ》とはかけ離《はな》れている。

（そうすると一体……）

ジッと黙《だま》り込んだ青年へ、男は心配そうな表情を浮《う》かべながら尋《たず》ねた。

「どうした……お前、何を考えている？」

「いえ……ただ何故《なぜ》御子柴男爵《だんしゃく》が我らを招待したのか少し気になっていまして」

父親であるディグル・マクマスター子爵の問《と》い掛《か》けに首を横に振ると、青年は馬車の窓の外に浮かぶ月を見上げた。


屋敷《やしき》の門を次々と黒塗《くろぬ》りの馬車が通り過ぎていく。

ザルツベルグ伯爵家の別邸では、この屋敷が建てられてから二百年という歴史の中で、最も華麗《かれい》な夜会が開かれようとしていた。

馬車を降りたマクマスター子爵達《ししやくたち》は、屋敷の玄関前《げんかんまえ》で出迎《でむか》えを受けた。

眼の前には、絹のメイド服を身に着けた綺麗どころが二十人程、赤い絨毯《じゆうたん》を挟《はさ》んでズラリと左右に並んでいる。

その真ん中に立つのは、黒髪《くろかみ》を一分の隙《すき》もなく丁寧にまとめたオールバックの大男。

そんな彼が身に纏《まと》うのは黒を基調とした絹製の礼服だ。

確かに、当《あ》たり障《さわ》りのない色ではある。

とは言え、あまり面白《おもしろ》みのない色なのも否定出来ないのは確かだ。

その事を、着ている本人も理解しているのだろう。

袖《そで》や襟元《えりもと》など、所々にあしらわれた金糸と銀糸が絶妙《ぜつみよう》なアクセントになる様に仕立てられている。

まぁ、あまり派手な物では、来客に反感を持たれると判断したのだろう。

総合すると品の良いレベルでまとまっているというべきだろうか。

「ようこそおいでくださいました。マクマスター子爵」

彼は柔《やわ》らかな笑みを浮かべると、胸に手を当て優雅《ゆうが》に一礼をして見せる。

その言葉に付き従うかの様に、金髪《きんぱつ》と銀髪《ぎんぱつ》を編み上げた双子《ふたご》と、彼女達《かのじょたち》の後ろに並ぶメイドが一斉《いっせい》に頭を下げた。

それは、一糸乱れぬ統制。

たかが頭の下げ方一つだが、言葉にするほど単純でも簡単でもない。

角度やタイミングなどは、一朝一夕《いっちょういっせき》で身に付くものではないからだ。

貴族社会において礼儀《れいぎ》作法とはある意味、武芸の腕を磨《みが》く事や、政治の勉強を行う以上に重要な物と言えるだろう。

それらは、同じく貴族であるならば当然理解していて然《しか》るべき暗黙《あんもく》の了解《りょうかい》とも言うべきもの。

場合によっては、首が飛びかねないのだから。

そう、文字通り物理的に……

「こちらこそ、御当主《ごとうしゅ》自ら出迎えてくださるとは恐縮《きょうしゅく》の至りです」

そう言うと、マクマスター子爵はにこやかに挨拶《あいさつ》を返す。

流石に当の本人を目の前にして苛立《いらだ》ちや不機嫌《ふきげん》さを露骨《ろこつ》に見せるつもりはないらしい。

「こうしてローゼリア王国建国時から続く名家の方とお会いでき嬉《うれ》しく思います。是非《ぜひ》とも、貴族としての心構えなどを聞かせ頂ければそれに勝《まさ》る幸せはございません。とは言え、玄関先《げんかんさき》にお引止めするのも失礼な話。係の者に案内させますので、どうぞ会場の方でおくつろぎいただければと」

「ほう、それは嬉しいお言葉……それでは後ほど改めて」

そう言うと、マクマスター子爵はメイドの一人に連れられて屋敷の中へと向かう。

表面的には実に和《なご》やかなファーストコンタクトと言えるだろう。

だが、既《すで》にマクマスター子爵の胸中には嫌悪《けんお》に代わって、別の感情が心の奥底《おくそこ》から沸き上がりつつあった。

勿論、その感情は好意的な物ではない。

それは、嫌悪よりももっと質の悪い物だ。

(ふむ……使用人達への教育は問題ない様だな。あるいは、ザルツベルグ伯爵家から借り受けたか……どちらにせよ注意が必要だな)

目の前で一糸乱れぬ統制を見せつけたメイド達。

その佇《たたず》まいには気品すら感じられる。

それは、とても成り上がりの男爵家の使用人とは思えない程の質だ。

子は親を映す鏡という言葉がある。

子供の振《ふ》る舞《ま》いや言動を見れば、その親がどんな人間なのか理解出来るという意味の言葉だ。

赤子が自我《じが》を持ち言葉を発するまで、その手本となるのは親の立ち振る舞いや言動。

三つ子の魂《たましい》百までという言葉がある様に、当然の事ながら子供の性格や思想には親の持つ資質や考え方が如実《にょじつ》に反映される。

そして、それは別に親子関係の場合だけに限定される話ではない。

上司の言動や行動は、そのまま部下にも反映される。

社員一人一人の質は会社全体の質を表すのも同じ理屈《りくつ》だ。

そういう意味から言えば、目の前に立ち並ぶ使用人達は十分な教育を受けていると見て良いだろう。

軽く見た限りではあるが、屋敷の状態にも申し分はなかった。

床《ゆか》には塵《ちり》一つ落ちてはおらず、絨毯には皺《しわ》も弛《たる》みもない。

調度品の置き方にも気を遣《つか》っているのが見て取れる。

(元々ここはザルツベルグ伯爵の別邸《べってい》だったのだからある程度はきちんと管理されてはいただろうが……)

そうは言っても、マクマスター子爵が知る限り、ザルツベルグ伯爵が王都に滞在《たいざい》したことなど家督《かとく》相続の時を含《ふく》めても片手で数える程しかない。

それも、王都の郊外に建てられたこの屋敷ではなく、王都内の屋敷の筈だ。

この屋敷も長年継承《けいしょう》されてきたから存続しているというだけの事。

いわば惰性《だせい》だ。

少なくとも、格別熱心に手を入れていたという話を、マクマスター子爵は聞いた覚えがなかった。

ザルツベルグ伯爵家とは、今迄《いままで》それなりの親交はあった筈なのに……だ。

そうなれば当然、この別邸に仕える使用人達の士気は低かっただろう。

何せ、仕えるべき主が長い間その姿を見せないのだから。

勿論、屋敷の主人が居ても居なくても変わらない忠誠と献身《けんしん》さを、使用人達は持つべきではあるだろう。

しかし、それは理想論でしかない。

マクマスター子爵自身を例に考えてみればいいだろう。

彼は、ローゼリア王国に仕える身ではある。

だが、ルピス女王の方針に対して百パーセントの服従をしているという訳ではないし、自分の家の利益を捨ててまで国に尽《つ》くす覚悟などないのだから。

(まぁ、この屋敷の管理を任された家宰《かさい》が、極《きわ》めて有能だったという可能性も有るが……)

ただ、どちらにせよ、結論は同じ。

自分自身でこの屋敷の使用人を指揮管理するのも、有能な人間に管理させるのも究極的には同じ事でしかない。

(どちらにせよ、御子柴と言う男は貴族という物に対しての理解はあると見た方が良いだろう。成り上がり者にしては珍《めずら》しい事も有るものだが……)

マクマスター子爵は微《かす》かに御子柴亮真という男の評価を上昇《じょうしょう》させた。

肩越《かたご》しに後方へ視線を向ければ、背後に付き従う青年と目が合った。

(アレも同じ評価か……)

青年が小さく頷《うなず》くのを確かめると、マクマスター子爵は小さくため息をついた。

馬車の中で散々に御子柴男爵をこき下した時、彼が自分に対して憐《あわ》れむ様な視線を向けた事に内心腹立たしさを感じていた。

だが、どうやら見る目がなかったのは自分の方らしい。

(これは少し侮りが過ぎたか……)

身分制度の厳格なローゼリア王国において、平民が貴族に叙《じょ》せられるというのはかなり異例と言える。

いや、西方大陸中を見回しても、平民が貴族や軍を率いる様な上級騎士にまで昇《のぼ》り詰《つ》めた例は少ない。

しかし、下級の騎士や官僚達《かんりょうたち》の中には平民出身の者が存在しない訳ではないのだ。

彼等《かれら》は純粋《じゅんすい》な意味での貴族ではないが、平民とも言えない。

まぁ、大半の平民から見れば彼等は間違《まちが》いなく貴族であり支配階級に属している。

だが、貴族達から見た彼等はどうだろうか。

言うなれば準貴族といった立ち位置だろう。

いや、言葉は悪いが似非《えせ》貴族とでも言った方が正しく実情を表しているのかもしれない。

何故ならそういった人間の多くは、貴族という存在に対して誤解している。貴族とは、貴族という位に叙せられれば誰でもなれるという物ではない事を理解していないのだ。

歴史ある貴族が成り上がり者を嫌う大きな理由の一つだろう。

そんな事を考えながら屋敷の奥へと足を進めていたマクマスター子爵の前に、やがて重厚な木製の扉が姿を現した。

先導役のメイドがおもむろに取手に手を掛ける。

「これは……」

おもむろに開かれた扉の先に広がる光景に、マクマスター子爵は思わず息を呑《の》む。

王宮の謁見《えっけん》の間と同じくらいの広さを持つ広間だ。

ホテルに喩《たと》えれば数百人規模の立食パーティーが余裕《よゆう》で開けるだけのスペースがあるだろう。

その中で多くの人間が談笑《だんしょう》を交わしていた。

（一体何人の貴族が此処《ここ》に呼ばれたのだ？　それに……）

勿論、マクマスター子爵とて閑散《かんさん》とした光景を想像していた訳ではない。

ローゼリアの白き軍神と呼ばれたエレナを始め、今は亡き王国宰相エルネスト侯爵の下で辣《らつ》腕《わん》をふるったベルグストン伯爵に、義兄《ぎけい》の陰に隠れ昼行燈《ひるあんどん》とも目されながらも隠然《いんぜん》たる勢力を持つゼレーフ伯爵などの有力者達が添え状を出しているのだ。

心情的には成り上がり者に対して嫌悪を抱《いだ》いていたとしても、御子柴男爵家の出した招待状が貴族達に無視される事は無いだろうと考えてもいた。

だが、そんなマクマスター子爵の判断は大分甘《あま》かったらしい。

（あれはブルクハイド伯爵家の当主……あっちの壁際《かべぎわ》で談笑しているのは確かハインベル伯爵家の当主……だったか？）

かつてエルネスト侯爵家が隆盛《りゅうせい》を誇っていた頃《ころ》に彼の家を支えた名門貴族の当主達。

ベルグストン伯爵と同じように、己《おのれ》の自領に逼塞《ひっそく》を余儀《よぎ》なくされてきた貴族達だ。

「成程《なるほど》な……どうやらベルグストンとゼレーフは腹を括《くく》った様だ……な」

突然背後から聞こえた懐《なつ》かしい男の声に、マクマスター子爵はゆっくりと振り返《かえ》った。

そこには金髪を丁寧に撫《な》でつけた長身の男が、笑《え》みを浮かべながらマクマスター子爵を見下ろしていた。

マクマスター子爵とて決して背の低い男ではないのだが、目の前に立つ男はそんなマクマスター子爵よりさらに十センチは高いだろうか。

年の頃は四十も半ばくらい。

丁寧に串《くし》を入れられた洒脱《しゃだつ》な口ひげが魅力的《みりょくてき》な男だ。

体形も実にバランスが良い。

中年太りとは全くの無縁《むえん》な体形。

しかし、だからといってガリガリに痩《や》せているという訳でもない。

言うなればアスリート系というべき体形だ。

何よりも、彼からは気品が感じられる。

若い頃から社交界で浮名《うきな》を流してきたであろう事は容易に想像が付くだろう。

「お前……レナードか？」

ここ何年も時節の手紙すらやり取りをした事のない疎遠《そえん》な従兄弟《いとこ》の顔に、マクマスター子爵は驚《おどろ》きの声を上げる。

もっとも、マクマスター子爵の顔に浮かぶのは、再会の喜びではない。

はっきりと言うならば、会いたくない人間に出会ってしまったという方が正しいだろう。

「久しいな。ディグル……十数年ぶりか？」

そう言うと、レナード・オルグレンは茶目《ちゃめ》っ気《け》交じりに片目を瞑《つぶ》って見せる。

「あぁ……それくらいになるか」

そんなレナードの態度に、マクマスター子爵は何とも言えない曖昧《あいまい》な笑みを浮かべて頷く。

(相変わらずキザというか……癇《かん》に障る男だ)

レナード・オルグレンはマクマスター家と同じ子爵の爵位を持つ名門貴族だ。

古くはマクマスター家の先祖と同じように、建国の父である初代ローゼリア王に仕えた騎士の家系だった。

その為《ため》、領地こそ離れているが両家には深い親交があるという訳だ。

それは代々、互《たが》いの家に娘や息子《むすこ》を送り、婚姻を結んできた事でも分かるだろう。

近年では、ディグル・マクマスターの父親の妹である叔母《おば》が、オルグレン家へと嫁《とつ》ぎレナードを産んでいる。

血の濃《こ》さで敵味方を判断するのであれば、間違いなく彼は有力な味方同士と言えるだろう。

（それは分かってはいるのだが……）

たとえ味方であっても、人間的に好きか嫌いかは話が別なのだ。

魑魅魍魎《ちみもうりょう》の住処《すみか》とも言える上流階級の社交界。

そんな中を自分や家臣だけの力で泳ぎ切るのは中々に難しい。

どうしても、味方になる家が必要となる。

だからこそ、貴族は婚姻による血縁《けつえん》関係を重視するのだ。

しかし、そんなマクマスター子爵にとって最も頼《たよ》りになる筈のレナードと、長年親交を断って来たのには理由がある。

無論、レナード・オルグレンを血縁者《けつえんしゃ》だからと妄信《もうしん》してよいと考えるのは論外だ。

何せこの大地世界は血の繋がった親子ですら家督を巡《めぐ》って殺し合うような世界なのだから。

だから、警戒《けいかい》するのはある意味正しいとは言えるだろう。

しかし、そういった貴族の生存の為の理論とは別の所で、マクマスター子爵はこの従兄弟と関《かか》わり合《あ》いを持ちたくなかった。

いや、より正確に言えば苦手意識を持っているという方が正しいだろうか。

武骨で武断的なマクマスター子爵と違い、レナード・オルグレンは洒脱で垢抜《あかぬ》けた男だ。

幼い頃から音楽に親しみ歌や琴《こと》の演奏は本職の吟遊《ぎんゆう》詩人並み。

家督を継ぐ長子でさえなければ、王宮の宮廷《きゅうてい》音楽団にも入れただろうと言われるほどの腕前《うでまえ》だ。

舞踏《ぶとう》に関しての才能も大したもので、古典から最新のものまで実にそつなく身に付けており、親交のある貴族達からは踊《おど》りの名手として一目も二目も置かれている。

一時期は、まだ王女であったルピスの芸事の指南役を務めた程だ。

そんな事情もあり、レナード・オルグレンはマクマスター子爵と同じ地方領主ではあるが、ローゼリア王家に対して強い伝手を持ち、王都の社交界で顔が利く。

共に今は亡《な》きエルネスト侯爵《こうしゃく》の派閥《はばつ》に属していた仲間だが、ゲルハルト公爵《こうしゃく》との政争に敗れて以来、自領に引《ひ》き篭《こ》もって来たマクマスター子爵とは対照的とすら言えるだろう。

更に、これで武芸にも長《た》けているというのだから始末に悪い。

何でも及第《きゅうだい》以上の結果を残す天才肌《てんさいはだ》。

その上、容姿まで整っているとなればマクマスター子爵がこの出来過ぎた男に苦手意識を持つのも当然と言える。

何せ、レナードと並べば周囲の反応は簡単に予想出来てしまう。

それこそ、伊達男《だておとこ》と頭の禿げあがった熊で好感度を比べて、勝負になると考える方が異常だ。

どうしてもマクマスター子爵が引き立て役となってしまう事が目に見えているのだから。

だが、オルグレン子爵はそんなマクマスター子爵の気持ちに配慮《はいりょ》する気はないらしい。

「さて、何時《いつ》までもここで入り口を塞《ふさ》いでいるのは不味《まず》かろう」

そう言うと、オルグレン子爵はマクマスター子爵をまだ人のいない隅《すみ》の方へと促《うなが》す。

（まだ話がある……という事か）

十数年も疎遠だった両者だ。

確かに旧交を温めようというのは不自然ではないが、場所が場所だ。

単なる世間話である筈が無かった。

そう言われれば、マクマスター子爵とて断る訳にはいかない。

背後に付き従う青年に軽く頷くと、オルグレン子爵の後を追った。

「よろしければ如何《いかが》でしょう？」

部屋の隅へと移動したマクマスター子爵達に素早《すばや》く気が付き、会場全体に何人か配置された給仕係《きゅうじ》のメイドの一人が声を掛けて来る。

彼女《かのじょ》の右手にあるのは銀製のお盆《ぼん》。

その上に並んだグラスの中を満たすのは薄《うす》い琥珀《こはく》の様な色の液体だ。

「ほぅ……頂こうか」

そう言うとオルグレン子爵は差し出された盆の上からグラスを二つ取り上げると、背後に立つマクマスター子爵へと差し出す。

「お前も飲むだろう？」

そう言うと、男はマクマスター子爵にグラスを押《お》し付《つ》ける様に渡《わた》すと、自分はグラスの縁に鼻を近づけ香気《こうき》を楽しむ。

そして、マクマスター子爵の言葉を待つことなく、悠然《ゆうぜん》とグラスを傾《かたむ》けて見せた。

「ほう……これは素晴《すば》らしい。甘く飲みやすい上に口当たりも良い。白ワインにしては、熟成期間を長めにしているようだ。キルタンティア皇国はロットグランデと見たが当たりかな？」

その言葉にメイドは無言のまま柔らかな笑みを浮かべると、軽く頭を下げて自分の仕事へと戻《もど》って行く。

「おや、どうやら違ったらしい……するとこれは、中央大陸東方のトルファナ帝国産だったかな？　どちらにせよ、客の過《あやま》ちを指摘《してき》しないとは中々に教育が行き届いているな」

そう言うと、オルグレン子爵は肩《かた》を竦《すく》めて戯《おど》けて見せる。

実に洒脱な仕草だ。

それが、まさに板についていると言っていい。

そして、未だにグラスへ口を付けようともしないマクマスター子爵へ視線を向けた。

「こいつは旨《うま》いぞ、ディグル。それこそ王城の夜会でもお目に掛かれない程の逸品《いっぴん》だ。何を躊《ちゅう》躇《ちょ》しているのか知らんが、引きこもりの地方領主風情《ふぜい》ではまず口に入らん品だ。素直《すなお》に楽しんだ方が良い」

そう言って頷く従兄弟の満足げな笑顔《えがお》にマクマスター子爵は苦虫を噛み潰《つぶ》したような表情を浮かべて睨む。

(馬鹿か？　ここは敵地にも等しいのだぞ？)

それこそ毒でも盛られれば一大事だ。

だが、マクマスター子爵のそんな武人として当然の心構えを、オルグレン子爵は鼻で笑って見せる。

「武人としてディグルの心配も分からなくはないがね。御子柴男爵が地方の田舎《いなか》領主でしかないお前を暗殺する可能性などまずないよ。もし本気で暗殺を心配しているならそれこそ自意識過剰《かじょう》と言う奴さ。つまらん意地を捨てて楽しむべきだと思うがね」

その言葉に、マクマスター子爵は思わず顔を赤らめる。

実際、マクマスター子爵がグラスに口を付けようとしない理由の大半は、ポッと出の男爵がこれほどの規模の夜会を主宰《しゅさい》している事に対しての妬《ねた》みという部分が強いだろう。

それを見事に指摘された。

そんなマクマスター子爵の胸中を察しながらも、オルグレン子爵は言葉を続ける。

「第一、ローゼリアの白き軍神を始め、ベルグストン伯爵やゼレーフ伯爵が連名で開かれた夜会だぞ。あの方々の声望を考えても、そんな手段に加担する事は無いだろう……それに、本気で客を暗殺をするならこんな良い酒の提供などするまいよ。まぁ、どうしても不安というのであれば俺《おれ》も無理にお勧《すす》めはしないが……ね」

そう言うと、オルグレン子爵はグラスに残っていた白ワインを呑み干《ほ》してみせた。

そこまで言われれば、マクマスター子爵としても面子《メンツ》がある。

それこそ臆病《おくびょう》だなどと噂《うわさ》にでもなれば、武人としての面目《めんぼく》がたたない。

背後に佇む青年に小さく頷くと、マクマスター子爵はグラスを勢いよく呷《あお》った。

その瞬間、マクマスター子爵の鼻腔《びこう》を香《かお》りの爆弾《ばくだん》が襲《おそ》う。

「どうだ。つまらない意地を張らなくて正解だっただろう？」

その問いに、マクマスター子爵は呆然《ぼうぜん》としながら頷いた。

（これは……）

トロリととろける様な口当たり。

雑味や苦みも全くない。

今まで一度も口にした事のないような芳醇《ほうじゅん》な香りと甘さだ。

少なくとも、マクマスター子爵には、このワインの味を言い表す、適切な言葉を紡《つむ》ぎ出す才能はなかった。

しかも、白ワインを呑むのに最適な温度に冷やされている。

正に全てが完璧《かんぺき》な状態。

王家主催《しゅさい》の夜会でも、この等級《ランク》の品が此処まで完璧な状態で客に提供されるのは稀《まれ》だろう。

（それに、この会場に居る全員にこれを提供出来る財力……）

マクマスター子爵の視線が会場内を駆《か》け巡る。

この場に居る貴族は三十数家と言ったところか。

それに護衛などを随行《ずいこう》させている人間の数を含めれば二百人近い客が居る事になる。

その全てに対して、これだけの饗応《きょうおう》をするとなると、莫大《ばくだい》な金額が必要となるのは目に見えていた。

それは、単に成り上がり者の涙《なみだ》ぐましい努力と馬鹿にするには、あまりにも大きすぎる金額。

（ウォルテニア半島などという人外魔境《まきよう》を領地としている男が何故《なぜ》……）

だが、思考の海をさまようマクマスター子爵の意思を、オルグレン子爵の声が現世へと引き戻した。

「おや……どうやら主殿《あるじどの》のお出ましらしいぞ」

その声に導かれるように、マクマスター子爵は部屋の入口へと視線を向けた。


御子柴亮真は、背後に立ち並ぶ三人へと視線を向ける。

「さてと、此処までは順調に行きましたが、本番はこれからですからね」

その言葉に背後に付き従うベルグストンとゼレーフ、エレナの三人が無言のまま頷いた。

それは一見したところ普段《ふだん》と変わらない態度。

しかし、よく見ると三人とも緊張《きんちょう》からか顔の表情が若干強張《じゃっかんこわば》っている様にも見受けられる。

それは実に珍しい事だ。

何せ、エレナはローゼリア王国の将軍として数々の修羅場《しゅらば》を潜《くぐ》り抜《ぬ》けて来た歴戦の勇者。

ベルグストン伯爵《はくしゃく》は戦場に出た経験こそ少ないが、政治家としての手腕《しゅわん》は群を抜いているし、その義弟《ぎてい》であるゼレーフ伯爵に至ってはその温和な外見とは裏腹に情報戦において卓越《たくえつ》した能力を誇る男だ。

軍人と政治家という違いこそあれども、彼等はローゼリア王国のみならず西方大陸全土を見《み》渡《わた》してもまず第一級の人物と言える。

本来ならば、そんな彼等が今更夜会の一つや二つに出席するだけで緊張などする筈《はず》もなかった。

いや、この程度の事に一々緊張するような人間が国を担《にな》える訳もない。

だから、普段の彼等を知る人間が居たら驚きで目を見張る事だろう。

しかし、そんな彼等の態度もある意味では致《いた》し方《かた》のない事と言える。

何せ、これから行われる夜会には言葉通りの意味で御子柴男爵《だんしゃく》家の興廃《こうはい》が賭《か》かっているのだ。

亮真にとってはある意味、先の内戦時におけるテーベ河の渡河《とか》作戦や、先日行われたイピロス攻略戦《こうりゃくせん》以上の重要度だろう。

そしてそれは、御子柴男爵家に己の進退を賭ける覚悟《かくご》を決めた三人にとっても同じ事。

その重圧は、当事者である亮真と比べても何ら遜色《そんしょく》のない物と言える。

いや、失う物の大きさはある意味では彼ら三人の方が大きいかもしれない。

ベルグストンとゼレーフ伯爵の二人は、歴史ある名家としての誇《ほこ》りと領地に暮らす民の生活を賭《か》け金《きん》として提示している。

エレナが賭けたのは【ローゼリアの白き軍神】とまで謳《うた》われた名声。

それに、彼等を支える股肱《ここう》の臣下とその家族達《たち》の人生までもが賭け金としてテーブルの上に載《の》せられているのだ。

それら全てを賭けての大博打《おおばくち》ともなれば、多少の緊張は当然とも言えた。

「確かに大きな賭けですが……まぁ、そうはいっても準備は万全《ばんぜん》ですから、夜会の最中に何か問題が起こる事はないでしょう。そんなに緊張せずに是非エレナさん達も楽しんでください。美味《おい》しい食事を準備させていますし」

そう言うと、亮真は彼等の緊張を解そうと、軽く肩を竦めて戯《おど》けて見せた。

実際、今回の夜会を主催するにあたり、御子柴男爵家は並々ならぬ時間と労力を費やして立案しているのだ。

まず、この屋敷の広大な庭にはベルトラン男爵家とガルベイラ男爵家から選抜《せんばつ》された熟練の騎士百名が警備に当たっている。

これは、亮真が引き連れてきた兵士とは別の部隊であり、【ザルツベルグ伯爵家の双刃《そうじん》】と呼ばれ、今は亡きザルツベルグ伯爵の指揮の下で猛威《もうい》を振《ふ》るっていたロベルト・ベルトランとシグニス・ガルベイラの二人が直接指揮をしている。

二人共、武人としては超一流《ちょういちりゅう》。

それこそエレナの後を継《つ》いで、このローゼリア王国の将軍になってもおかしくない様な人材だ。

そんな彼等を二人共屋敷の警備に回している段階で亮真の本気度が良く分かるだろう。

実際、亮真自身も思うところがない訳ではない。

(多少やり過ぎかもしれないが、油断して足を掬《すく》われるような事だけは避《さ》けないとな。二人には申し訳ないが……)


何しろこれから行われる夜会には多くの貴族が招待されている。

本来であれば、ロベルトとシグニスは後継者候補《こうけいしゃ》として、ローゼリア王国の貴族社会に紹介《しょうかい》するべきだろう。

未だ正式ではないとはいえ、社交界に顔を売るのは損な事ではないし、二人の利益は亮真にも歓迎《かんげい》するべきことだろう。

それを理解していながらも亮真が二人を裏方に回しているのは、何者かの襲撃《しゅうげき》を想定しての事。

勿論、可能性が低い事は亮真も理解している。

(だが、絶対ではない)

亮真は最悪の場合、ルピスの命令で王都の近衛騎士団《きしだん》が屋敷を急襲《きゅうしゅう》してくるシナリオまで想定していた。

ちなみにその場合は、ロベルトとシグニスの二人が殿《しんがり》を務めつつ、王都のザルツベルグ伯爵《はくしゃく》邸《てい》に駐屯《ちゅうとん》している三百の兵や、この屋敷の周囲に広がる森林地帯に伏《ふ》せたリオネ率いる別動隊と共に、本拠地《ほんきょち》であるウォルテニア半島へと帰還《きかん》する計画になっている。

正に、微《び》に入り細を穿《うが》つ。

そういう意味からすれば、打てる手は全て打ち尽くしたと言い切っても良いだろう。

それほどまでに、今日という日に賭けているのだ。

亮真は無言のまま三人に目を向ける。

その目の奥《おく》に浮かぶのは、氷の様な冷たさを持ちながらも、赤々と燃える炎《ほのお》の様な光だ。

「さて、それでは始めるとしましょうか」

その言葉と共に重々しい扉が左右に開かれ、亮真は広間の中へと足を進める。

その瞬間《しゅんかん》、無数の視線が亮真へと注がれた。

それ等の多くは燃え上がる様な熱を帯びた暗い目だ。

地球の常識で考えるならば、今回の宴《うたげ》を催《もよお》した主催者《しゅさいしゃ》の登場に拍手《はくしゅ》で迎《むか》えられるべきだろう。

いや、ローラ達から聞いた大地世界における貴族の作法でもそうなっている。

だが、現実は亮真に対して厳しいらしい。

(蔑《さげす》み、妬み、怒りにほんの少しの警戒……多少は友好的なのもあるが、大半は俺が気に入らないって人間ばかりか……確かにそう言う人間がローゼリア王国貴族に多いのは咲夜《さくや》の報告からも上がってはいたから驚きはしないが……そんなに、成り上がり者は嫌いか……やだねぇ、器《うつわ》が小さい人間ってのは)

そんな言葉が脳裏《のうり》に浮かび、亮真は周囲に悟《さと》られない様に気遣《きづか》いながらも小さくため息をついた。

自分がローゼリア王国の貴族階級から歓迎されていない事は最初から理解はしていたのは確かだ。

とは言え、此処まで露骨に嫌悪を向けられれば流石《さすが》の亮真でも嫌気《いやけ》がさしてくる。

勿論《もちろん》、亮真とてそれが人間の持つ普通《ふつう》の感情である事を否定しようとはしない。

事実、亮真の言うところの器の小さな人間というのは、このローゼリア王国の貴族だけに限定される話ではないのだから。

普段見逃《ふだんみのが》してしまうような日常にも、人の心の闇《やみ》はある。

それこそ、心の底から他人の成功を祝える人間などそうは居ないのが普通だろう。

（まぁ、あの二人みたいに自分の気持ちに折り合いが付けられる人間というのは意外に少ないからな……）

亮真は自分の背後に付き従う二人の中年へ軽く視線を向けた。

先日亮真に忠誠を誓《ちか》ったベルグストン伯爵やゼレーフ伯爵の心にも、多少の妬みは存在して当然だ。

貴族派の首魁《しゅかい》であるゲルハルト元公爵に疎《うと》まれ長い間不遇《ふぐう》をかこってきたとはいえ、二人はローゼリア王国において名門と言える貴族階級であり、民を指導する地位にあると同時に、様々な嫌がらせに遭《あ》いながらも己の領地を維持《いじ》してきたという自負を持っている。

実力も実績も兼《か》ね備《そな》えていると言って良いだろう。

貴族という特権階級に胡坐《あぐら》をかき、日々享楽《きょうらく》に勤《いそ》しむ者が多いローゼリア王国の中では、まず第一級の人材だ。

だが、だからこそ二人は御子柴亮真に対して複雑な感情を持っている。

それはそうだろう。

ベルグストン伯爵は四十も半ばを過ぎているし、それはゼレーフ伯爵も同じ。それに対して歳《とし》不相応に老《ふ》けた顔をしている青年はようやく二十歳《はたち》になったかならないかと言った年頃《としごろ》だ。

それはつまり、年若いうちに結婚《けっこん》する事の多い大地世界の常識に当てはめた場合、息子どころか孫であっても不思議ではない年齢差《ねんれいさ》という事になる。

そんな青年に、自分達の未来を賭けるのだ。

悩《なや》まない方がどうかしている。

確かに二人は亮真に対して感謝をしているだろう。

貴族派から疎まれ、長らく飼い殺しだった二人が、そんな悲惨《ひさん》な境遇《きょうぐう》から抜け出《だ》せたのも、御子柴亮真という知己《ちき》を得たからに他ならないのだから。

だが、その一方で御子柴亮真という人間に対して敵意の様な反発心を抱くのは人として当然の事と言える。

ベルグストン伯爵が亮真に仕えると決断するのに時間が掛かったのも、単にローゼリア王国への忠義心というだけではないだろう。

しかし、亮真はそんな二人を蔑む事も無いし、嫌悪を持つ事も無い。

表面的にどんな態度をとるかは人それぞれだが、基本的に人は他人の成功を妬み自分の不遇を恨《うら》むものなのだから。

重要なのは、それを表面に出すか心の奥に閉まっておけるかという違いでしかない。

そして、その恨みや妬みと言った負の感情を他者の足を引っ張り批判するという使い方をするか、それとも己自身の発奮材料として用いるかというだけの事だ。

だが、ベルグストン伯爵の様に、己の気持ちを抑え妥協点を見いだせる器量の持ち主は少ないのが現実。

そういう意味からすれば、大地世界だろうと、裏大地世界《リアース》だろうと人間の根本的な要素は変わらない。

後は、亮真自身がそういった狭量《きょうりょう》とも言える人間達と、どのように接していくかという事だけだ。

（一番いいのは関わり合いにならない事だけれども……な）

ややこしい人間とは関わり合いにならないというのは、処世術として非常に有効な対処法と言えるだろう。

端的《たんてき》に言うならば、緩《ゆる》やかな拒絶《きょぜつ》とでも言ったところだろうか。

何故《なぜ》なら、感情論では両者に歩み寄りはないし、理詰《りづ》めでも相手の反発を招く可能性の方が高い。

下手に拗《こじ》れれば、刃傷沙汰《にんじょうざた》に発展する可能性も出てくるかもしれない。

結局、理性を保つ側の人間が譲歩《じょうほ》を迫《せま》られる事になる。

勿論、話し合いの場を設ける事に因《よ》って交流が進み、その結果として問題が解決する場合もあるだろう。

だが、その場合は大抵《たいてい》時間が掛かる。

第三者の仲介《ちゅうかい》も必ずしも有効とは限らないし、時間も費用も掛かって来るだろう。

そう考えると、一番有効なのは関わり合いにならないという事だ。

現代社会で考えれば、イジメによる転校やパワハラを理由とした転職といったところか。

とは言え、この関わり合いにならないというのも、絶対確実な対処方法とは言い切れない。

ストーカーの様に相手側から絡《から》んでくる可能性もあるからだ。

また、何らかの理由で逃《に》げる事が出来ないという場合もある。

そう、今回の亮真が置かれた立場の様に……

そうなると、取れる方法は極めて限られてくる。

すなわち、敵の物理的な消去か威圧《いあつ》し服従させるかのどちらかくらいだろう。

とは言え、ローゼリア王国の貴族社会に属する人間を皆殺《みなごろ》しにするというのは、あまりにもリスクが高い。

また、仮にそれを実行した場合、支配階級を根こそぎ失ったローゼリア王国全体が機能不全を起こす事になるだろう。

(まぁ、あの女がどうなろうと知った事じゃないが、使える物は使わないとこっちも手が回らないし……な)

亮真は会社に喩《たと》えれば起業したての状態。

これから、事業を拡大しようとしている段階だ。

こういった状況《じょうきょう》で最も大切なのは何よりも人材。

どれほど素晴らしい高性能の機材を買い集めようと、それを適切に運用管理出来る人間がいなければ宝の持《も》ち腐《ぐさ》れでしかない。

だが、人材を育てるには適切な教育と共に長い時が必要になる。

となれば、最も簡単な解決策は優秀《ゆうしゅう》な人材を勧誘《かんゆう》するという事になるだろう。

そして、敵の会社から人材を引き抜ければ、自らを強化しつつ、敵を弱体化させるというおまけまでついてくる。

まさに一石二鳥だ。

(さてと、それでは始めますかね)

広間の片隅《かたすみ》で待機しているメイドの一人に亮真は軽く目で合図をした。

すると、準備していたメイド達が再び盆の上に並べたグラスを客に配っていく。

「亮真様……どうぞ」

何時の間にか側に待機していたローラがグラスを差し出すのを無言のまま受け取ると、亮真は立ち並ぶ客に向かって口を開いた。

そして、亮真は客達へ挨拶と参加してくれた事に対しての感謝の言葉を口にすると、グラスを掲《かか》げて見せる。

「乾杯《かんぱい》!」

その声に周囲の貴族達も次々とグラスを掲げて見せた。

その様子を確認《かくにん》した亮真は、背後に控《ひか》えるマルフィスト姉妹へ合図を送る。

「それでは、皆様《みなさま》にはささやかではありますが、我々が準備した料理をお楽しみいただきましょう」

その声と共に、背後の扉が大きく左右に開き、ワゴンの列が広間へと進んでいく。

純白のコックコートに身を包みながら、鮫島菊菜《さめじまきくな》は赤絨毯の上を進む。

自分の仕事を終えた菊菜にとって、後に残された仕事は客の満足度を確かめる事だろう。

菊菜は足早に会場となっている広間へと向かう。

(少しくらいなら大丈夫《だいじょうぶ》だよね？)

追加で料理を頼《たの》まれる事も考えられるが、その分の仕込みは既に終わっており、後は調理場に残っている料理人達で十分に対応出来るだろう。

だから、菊菜が調理場を抜け出しても大きな問題ではない。

フランス料理などの欧州《おうしゅう》系の高級レストランと呼ばれる店の多くは、料理のコンセプトや調理方法を客に説明するという習慣がある。

シェフが行う場合も有るだろうし、給仕係が行う場合も有るが、店と客の距離《きょり》を縮める為の一種のパフォーマンスの様なものだろうか。

だから、鮫島菊菜が客の反応を直接みたいと言うのは、ある意味当然と言えた。

(まぁ、本当は私が行く必要はないけれども……ね)

それでも、足を運ぶのにはキチンとした理由がある。

鮫島菊菜は元々フランス料理を専門とするシェフだ。

この大地世界に召喚《しょうかん》される前は、本場フランスの名店で修業《しゅぎょう》していた経験を持つ凄腕《すごうで》の料理人だった。

それも、若手の登竜門《とうりゅうもん》と呼ばれる国際的な料理コンクールで入賞を果たした本格派であり、数年後には日本へ帰国し、本場の味を守りながら一国一城の主となる夢も持っていた。

だが、そんな夢はいともたやすく砕《くだ》け散《ち》る。

この大地世界へと召喚された事に因って。

そして、他の地球人と同じ様にこの世の地獄《じごく》を味わった。

（須藤《すどう》さんからも念を押されているから、あくまでも自然に分かる範囲《はんい》でだけど……）

今回、鮫島菊菜がこの屋敷《やしき》にやって来たのは、御子柴亮真の命令を受けたシモーヌ・クリストフが料理人の求人依頼《いらい》をギルドに出したからだ。

そして、ギルドはその依頼に飛びついた。

鮫島菊菜が御子柴男爵家へ送り込まれた理由は大きく二つ。

一つは、ウォルテニア半島を領有する御子柴男爵家とギルドが接点を持つ為だ。

何しろ、ウォルテニア半島は魔境と呼ばれ忌避《きひ》されている反面、生息している怪物達《かいぶつたち》の多くからは、秘薬の原材料などになる生態素材が採取出来る。

現状は御子柴男爵家が独占《どくせん》しているが、亜人《あじん》達から購入《こうにゅう》していると思われる付与《ふよ》法術が施《ほどこ》された武具も興味のそそられる品だ。

確かに、今迄は海賊《かいぞく》などが根城にしている事もあり、ギルドとしてもあまり積極的な介入《かいにゅう》はしてこなかった。

だが、御子柴亮真の手で海賊達は一掃《いっそう》されているし、御子柴男爵家の拠点《きょてん》として定められたセイリオスの街は急速な発展を遂《と》げている。

それはつまり、半島内での活動がやりやすくなったという事に他ならない。

そういった諸々《もろもろ》の理由を考えれば、ギルドとしてはセイリオスの街に支部を作りたいと思うのも当然だろう。

だが、今のところギルドの願いは叶《かな》えられていない。

いやそれどころか、ウォルテニア半島への介入を嫌《きら》う御子柴亮真は、冒険者《ぼうけんしゃ》の半島内への立ち入りを基本的に禁止している。

ギルドとしては幾度《いくど》となく交渉《こうしょう》を持ち掛《か》けているが、今のところは梨《なし》の礫《つぶて》だ。

そんな折に、今回の依頼だ。

渡りに船だっただろう。

そして、ギルドとしては、御子柴亮真の求める人材を適《かな》えるべく東奔西走《とうほんせいそう》した。

（まぁ、こちらは理解出来るよね……）

取引を拒《こば》む会社の為に便宜《べんぎ》を図《はか》る事で、交渉の糸口をつかもうとするのは、それほど不自然ではないだろう。

だが、もう一つの理由に関しては、正直に言って菊菜自身も理解しきれてはいない。

鮫島菊菜が御子柴男爵家へと送り込まれた二つ目の理由は、組織の幹部である須藤秋武《あきたけ》の希望だ。

ただし、これには条件がある。

目立たず、ただ御子柴男爵家で命じられた仕事を熟《こな》せばよいというのだ。

(組織の中でも色々と噂の絶えない御子柴男爵家に行けとギルドから話が最初に来た時は、毒殺でも命じられるのかと思ったけれど……)

勿論、料理人としての矜持《きょうじ》から考えれば、自分が作った料理に毒を盛るのは到底《とうてい》許容出来ない行為《こうい》だ。

だが、この大地世界の洗礼を受け、その地獄から助け出して貰《もら》った恩を考えれば、自分の矜持に目をつぶる位の覚悟はしている。

実際、毒殺ではないものの、組織の命令で菊菜はその両手を血に染めているのだ。

たとえ標的が同郷の人間であっても、躊躇《ためら》いなどしない。

だが、鮫島菊菜が命じられたのは、ただ料理人として働く事だけだ。

ハッキリと言えば拍子抜《ひょうしぬ》けだ。

(でもまぁ、確かに興味深いよね……彼《かれ》の発想……須藤さんが気にするのも分かるかも……)

まだ直接会話したのは片手で数えるほどの回数しかないが、菊菜が御子柴亮真という男に興味を持つには十分な回数だと言えた。

(私に作らせたスズキのパイ包み焼き……多分、タレーランの故事の真似《まね》だよね……この発想って……）

先ほどメイドに運ばせた二皿の意味するところはただ一つだろう。

シャルル＝モーリス・ド・タレーラン＝ペリゴールは、フランスの卓越した政治家にして稀《き》代《たい》の美食家の名前だ。

かの有名なフランス皇帝《こうてい》、ナポレオン・ボナパルトに仕えていた事もあり、世界史における偉《い》人《じん》の一人と言っていいだろう。

また料理の世界でも有名で、現代におけるフランス料理の基礎《きそ》を築いたとされるマリー＝アントナン・カレームを雇《やと》っていた人物としても有名だ。

そんなタレーランには料理にまつわる逸話《いつわ》が多い。

その中に、二匹《ひき》のヒラメにまつわる話が有る。

ある時、タレーランは大きな二匹のヒラメを手に入れた。

帆船《はんせん》は主流の上、冷凍《れいとう》技術もない時代の話だ。

港から鮮度《せんど》を保ったまま街まで運ぶのすら一苦労だっただろう。

当然、それほど見事なヒラメを手に入れるとなれば、相当な金持ちにしか出来ない芸当だったらしい。

政治家であり外交家だったタレーランは自らの財力や権力を誇示《こじ》する為にそれを使う事にした。

だが、二匹同時に食卓《しょくたく》へ出せば、必要以上に嫌《いや》みになってしまい、無用な反発を受けると考えた。

そこでタレーランが取った方法と言うのが、片方のヒラメをわざと客の目の前で床《ゆか》に落として見せた上で、直《す》ぐに二匹目を客に出すという演出だった。

客はまず、目の前に出されたヒラメの見事さに驚き興味を引かれる。

そして期待の高まったところでわざと床に料理を落とし落胆《らくたん》させる訳だ。

そしてすぐに代わりの料理を出して見せる。

一度落としてから上げる。

その感情の落差が、驚きと畏怖《いふ》にすり替《か》わる訳だ。

御子柴亮真がスズキのパイ包み焼きを作る様にと菊菜に命じたのも、タレーランと同じだ。

(ただし、完全に同じじゃないけれどもね……)

タレーランは客の反発を恐《おそ》れて自慢《じまん》の度合いを加減した。

だが、亮真の方は違《ちが》う。

(冷凍技術なんてないこの大地世界……それも海からかなり離《はな》れているこの王都で、あれだけ見事なスズキを出すだけでも驚きなのに、高級食材のオンパレードだものね……)

完璧な鮮度を維持したまま、この王都まで運ばれたスズキは確かに客の度肝《どぎも》を抜いただろう。

だが、亮真が施した仕掛《しか》けはそれだけではない。

パイ皮の内側に仕込まれていた月光草やヨツユダケは一般的《いっぱんてき》には秘薬の原料として認識《にんしき》されているが、一部の美食家の間では珍味《ちんみ》として珍重《ちんちょう》されている食材でもある。

招待客はスズキのパイ包み焼きを口にした後、それらの珍味が惜《お》しげもなく使われている事に度肝を抜かれた事だろう。

（それに加えてお皿や他の料理も……）

今回の夜会で用いられる食器類には全《すべ》て、保温や毒の検知といった効果を持つ付与法術が施されている。

確かに施された術式自体はそこまで珍《めずら》しい物ではないが用いられた食器類の数が数だ。

皿は大小取り混ぜて全部で千枚近いだろうか。

参加者全員分のナイフやフォークも有る。

その全てに付与法術が施されているとなると、菊菜にはどれほどの資金があれば可能なのか見当もつかないというのが正直な感想だ。

それに加えて、亮真は他の料理にも様々な演出を施している。

たとえば、ハインベル伯爵家《はくしゃくけ》の領地は竹を使った炭が有名だ。

だが、幾《いく》ら有名でも炭は炭。

名産というほどでもない。

そこで亮真は、このハインベル伯爵領から運んできた竹を使って籠《かご》や蒸籠《せいろう》を作った。

そして、それらの品に果物や菓子《かし》を入れて客に出すように命じたのだ。

勿論、最初はその竹が誰《だれ》の領地でとれたものなのかなど、誰も気にしないだろう。

だが、何れ《いず》誰かが気付く。

仮に気付かないとしても問題はない。

主催者である御子柴亮真は必ず招待客と会話をするだろう。

その際にさりげなく話題を振れば良いだけの事なのだから。

（まぁ、驚くでしょうね……）

今回作られた竹細工は、プロの料理人である菊菜の目から見ても、なかなか味のある品だ。

それに、この大地世界では竹を使った製品をあまり目にする機会が無い。

物珍《ものめずら》しさという点では十分に興味を引く筈だ。

そして、そんな物珍しい品々が自分の領内で産出される竹を使って出来ていると知れば、ハインベル伯爵がどのような反応をするかなど、菊菜には手に取る様に想像出来た。

そして問題なのは、今夜の夜会に使われた特産品がハインベル伯爵領の竹だけではないという事。

（ブルクハイド伯爵家の領地でとれた蜂蜜《はちみつ》は有名だし、オルグレン子爵《ししゃく》家で収穫《しゅうかく》された林檎《りんご》はかなり味が良かった……）

その事が、何を意味するかなど、今更《いまさら》言うまでもない。

（恐らく今夜の夜会に参加した貴族達の多くが、御子柴男爵家が主導する交易圏《けん》への参入を希望する筈……やっぱり、要注意ね……）

貴族にとって、領地経営は何よりも優先される。

経済力は家名を守る上で最も重要な要素の一つだ。

そして今日、彼等《かれら》は自分達の領地に金の生《な》る気が生えている事を知った。

ただし、この金の生る木が実を付けるには一つ条件が付く。

すなわち、それらの産物を売りさばく事の出来る市場の存在だ。

そして彼等は気付くだろう。

ローゼリア王国北部の沿岸部を支配下に置き、大陸の北回り航路を独占する御子柴男爵家が持つ広大な商圏《しょうけん》の存在に……

その結果、このローゼリア王国のパワーバランスは劇的な変化を迎える筈だ。

どれほど貴族達の反感を御子柴亮真が買っていようと関係ない。

圧倒的《あっとうてき》とも言える財力と武力を持つ人間に歯向かおうという気骨を持つ人間は限られている。

ましてや、自分にもおこぼれが貰えるとなれば猶更《なおさら》だろう。

(ところで、彼がこの世界に召喚されたのは高校生くらいって話だった筈けれど……そもそもタレーランなんてよく知っていたわね)

フランス料理の世界でタレーランはどんな料理人でも一度は名前を耳にしたことのある有名人だが、世間一般《いっぱん》の知名度は決して高くない。

少なくとも、世界史の教科書にヒラメの逸話などは載《の》っていないだろう。

(単なる料理好きという可能性もあるけれど……)

そんな事を考えているうちに、菊菜は広間へと到着《とうちゃく》した。

中から響《ひび》いてくる楽団の音楽から察するに、今は舞踏会《ぶとうかい》の真っ最中らしい。

衛兵に扉《とびら》を開けて貰い中へ入ると案の定、御子柴亮真がどこぞの御令嬢《ごれいじょう》とダンスの真っ最中だった。

その周辺には亮真の華麗《かれい》なステップを憎々《にくにく》し気《げ》に見つめる貴族達の姿があった。

恐らく、満座の中で面目を潰そうとして失敗したのが不満なのだろう。

菊菜が周囲に視線を向ければ、壁際《かべぎわ》に並んで立つマルフィスト姉妹が亮真の踊る姿を見ながら満足そうな笑《え》みを浮《う》かべていた。

(成程《なるほど》ね……貴族達の動きにも対策済みって事か……)

ただの高校生でしかなかった御子柴亮真が社交ダンスのスキルを持っていたとは考えにくい。

となれば、この世界に召喚されてから習得したという事になる。

(やっぱり要注意ね……)

そんなことを考えつつ、菊菜はマルフィスト姉妹が立つ壁の方へと歩き出した。

メイド服を着た御子柴亮真の側近に、今日の料理の感想を確認する為《ため》に。

第四章　必殺の罠《わな》

王都ピレウスの郊外《こうがい》に広がる森。

その一角に佇《たたず》むザルツベルグ伯爵家の別邸《べってい》の裏門を馬車が通り過ぎる。

石畳《いしだたみ》の上を進む車輪の音が王都に響く。

そんな中、マクマスター子爵家の家紋《かもん》を付けた馬車に乗り込んだディグル・マクマスターは深いため息をつきながら窓の外へと視線を向けた。

その目に映るのは青白い月の光。

だが、その光を分厚い雲が遮《さえぎ》ろうとしている。

(まさに、このローゼリア王国における状況を暗示している様だな)

夜会が終わった後、マクマスター子爵は秘《ひそ》かに御子《みこ》柴亮真《しばりょうま》と会談を行った。

オルグレン子爵が仲介しての事だ。

その時の事を思い出し、マクマスター子爵は再び大きなため息をつく。

(あれが御子柴亮真……か)

亮真に関しての噂《うわさ》は以前から色々と耳にしていた。

良い噂、悪い噂取り混ぜて文字通り色々だ。

だが、噂は所詮《しょせん》噂に過ぎない。

英雄《えいゆう》だの、剣豪《けんごう》だのと前評判は高くとも、実際に戦場へ出てみれば雑兵《ぞうひょう》の群れに為《な》すすべなく首を取られた騎士《きし》を何人も見て来たし、領内の産業開発の為に評判の知恵者《ちえしゃ》を招聘《しょうへい》した結果、愚《ぐ》にも付かない政策を実行して逆に税収に大きな穴をあける事だってあり得た。

情報の伝達手段が人の口や手紙といった手段を取るより他に手段のないこの大地世界《アース》では、実物と噂が違うというのは往々にして起こり得る。

俗《ぞく》に言うところの評判倒《だお》れと言う奴《やつ》だ。

だが、それを考慮《こうりょ》に入れていても尚《なお》、ディグル・マクマスターという男の目に今夜映ったのは、規格外の化け物としか形容のしようがない怪物《かいぶつ》。

少なくとも、マクマスター子爵にはそれ以外に形容するべき言葉が見つからない。

「やはり、ローゼリアの白き軍神が肩入《かたい》れしているというだけの事はある……まさか、私達の事情を全て知っているとはな」

「はい。あの方ははっきりと言葉にはされませんでしたが、あの口ぶりと表情から察するに……恐らくは」

そんなマクマスター子爵の問いに、対面に腰《こし》かけるロゼッタ・マクマスターが楽しそうに笑う。

それは、肩の上にズシリとのしかかっていた重荷から解放された喜びからだろう。

その顔に浮かぶのは、ロゼッタが女である事を止《や》めた日から長い間見る事の出来なかった自然な笑みだ。

（やはり、この子にも無理をさせて来たのだな……）

その罪の意識が、マクマスター子爵の心をかき乱す。

双子《ふたご》の兄であるグラッドが突然《とつぜん》の病によって身まかって以来、ロゼッタ・マクマスターは女である事を捨てた。

それは、単に男勝《おとこまさ》りであるという精神的な意味ではない。

髪型《かみがた》、服装、言動、性格に至るまで。

文字通りロゼッタは兄であるグラッドとして生きて来たのだ。

勿論、女性が男性に変装するなどかなりの博打《ばくち》だ。

普通に考えれば、どれほどうまく隠《かく》そうとしたところで、女性は女性。

ちょっとした事で、簡単に化けの皮が剥《は》がれてしまう。

数日や数週間というのであればともかく、年単位で周囲を騙《だま》すのはまず不可能だ。

しかし、元々二人が双子であった事が、そんな不可能を可能にした。

そして何よりも、二人が未《いま》だに二次性徴《せいちょう》を迎える前だった事が最大の理由だろう。

服装や髪型さえ注意すれば、双子であるロゼッタがグラッドのフリをするのは不可能ではなかった。

男らしくない男。

武を誇るマクマスター子爵家としては決して誇れるような話ではないが、今回はそんな周囲の侮蔑《ぶべつ》の声も追い風となったのだ。

勿論、ロゼッタとて好き好んで兄の身代わりを務めようとした訳ではない。

それは、他に選択肢《せんたくし》がなかったが故の苦渋《くじゅう》の果ての決断。

当時、マクマスター子爵にはロゼッタとグラッドの二人しか子供がいなかった。

これは、側室を複数持って血を保とうとする事の多い貴族階級には珍しい事だ。

いや、側室どころか何人もの妾《めかけ》や愛人をとっかえひっかえ囲う事も珍しくはないのだ。

しかし、それが全て貴族階級の持つ傲慢《ごうまん》さ、増長の果ての所業なのかと問われれば、そう言い切る事は難しいだろう。

家名を守り子孫に受《う》け継がせる。

そして、その為にはどんな手段でも用いようとする。

それはある意味、飽《あ》くなき生存本能にも似たものと言えるだろう。

とはいえ、貴族や王族という階級に属していない平民には決して理解出来ない感覚だ。

しかし、家を継がせるという意味からすれば、これほど正しい手段も無いのだ。

ディレク・マクマスターが正妻への愛を守るなどと言わず、貴族社会の慣習に沿って側室の一人でも囲っていれば、ロゼッタが男の恰好《かっこう》をして暮らす必要はなかったのだから。

だが、それも全ては過去の出来事。

今夜、夜会の後に行われた御子柴男爵家との会合が全てを変えたのだから。

「夜会で費やされた金はいったい幾らになるのか」

「我《わ》がマクマスター子爵家の一年分の税収ではとても賄《まかな》いきれないでしょうね。料理も最高級なら酒も最高。その上あの演奏ときたら……実に素晴《すば》らしい演出でした。恐らく、王宮で開かれる夜会でもこれほどまでに贅《ぜい》を尽《つ》くした物はないでしょう」

「だろうな……だが、単に我々をもてなそうとした訳ではないだろう？」

その言葉に、ロゼッタは人の悪い笑みを浮かべる。

実際、ディグル・マクマスターが子爵家を継いで以来、様々な夜会や宴に出席してきたが、今夜の夜会ほど贅沢《ぜいたく》な品々が卓《たく》に並べられているのを見たのは初めての事。

中央大陸産の香辛料《こうしんりょう》は怪物種の持つ臭《くさ》みを巧《たく》みに消し去り旨《うま》みだけを強調していたし、東方大陸より持ち込まれたという絵柄《えがら》の皿は滑《なめ》らかでありながらも艶《なま》めかしく、盛られた料理に彩《いろど》りを与《あた》えていた。

その上、コースの締《し》めとして出されたデザートはまさに圧巻の一言しかない出来栄《できば》え。

（まさか、砂糖を用いて作った食べられる器に菓子を盛るなど……）

あまり甘《あま》い物を好まないディグルですら、口を付けずにはいられなかったのだから、その出来栄えの程《ほど》は言うまでもないだろう。

熟練した職人の手によるガラス細工と見まがうばかりの精巧《せいこう》さで作られた器の中には、西方大陸各地から取り寄せたのであろう無数の果実がゼリーの中に泳いでいた。

そして、見た目も鮮《あざ》やかながら、その味は筆舌《ひつぜつ》に尽くしがたい。

その上、成り上がりの金持ちが良くやる様な高級な品々をただ並べて見せた時の様な、嫌《いや》らしさや下品さなど微塵《みじん》も感じられなかった。

確かに、圧倒的な財力を見せつけられはした。

しかし、それはあくまでも明確な意図と意味を持ってそこに存在していた。

いや、料理だけではない。

給仕《きゅうじ》する使用人達の所作を見ても、隅々《すみずみ》にまで気配りが行き届いていた。

まさに、完璧《かんぺき》と言える宴。

人をもてなすという意味から言えば、まさに手本とするべき心配りと言える。

正直にいえば、ディグルは日々の苦労も重圧も忘れ、供された料理や酒の余韻《よいん》に浸《ひた》っていたいというのが本音。

しかし、今夜の夜会に招かれた貴族の中で、そんな呑気《のんき》な感想を持つ愚物《ぐぶつ》はまずいない。

いや、今にして思えば、それを察する事の出来る人間だけを招待したのだろう。

「どう見ても脅《おど》し……だろうな？」

「それは言うまでもない事でしょう。問題なのは、お父様のお気持ちだけですわ」

二人の視線が空中で絡み合《あ》う。

それ以上は今更言葉にする必要もない自明の理。

(あの月光草やヨツユダケは、食材としてふんだんに使う事で、秘薬の供給量をほのめかしていたし、食器類に付与法術を施していたのは、味や保温だけではなく、武具に施す事が出来る事を示唆《しさ》していた)

御子柴男爵《だんしやく》家の兵士は、一人一人に高水準の武具を装備させると聞いていたが、成程と言わざるを得ないだろう。

いずれこのローゼリア王国という国は、あの男の手に依《よ》って支配される事になる。

そんな未来を予感させる夜会だった。

そして、その未来を自分達《たち》では避けられない事も同時に悟らされたのだ。

マクマスター子爵は小さくため息をつくと、再び窓の外へと視線を向けた。

自らと、この国の行く末を憂《うれ》いながら。

だが次の瞬間、馬車は宙を舞《ま》った。

続いて襲《おそ》い掛かってくるのは無重力感。

そして、地響《じひび》きを立てながら車体が大地へと叩《たた》きつけられる。

馬車の天蓋《てんがい》に背中を打ち付けたマクマスター子爵はその衝撃《しょうげき》で一瞬《いっしゅん》息が詰《つ》まる。

「一体何が……」

頭も強《したた》かに打ち付けたらしい。

「ロゼッタ……大丈夫《だいじょうぶ》……か？」

霞《かすみ》ゆく目で周囲を見れば、まるで死んだように動かないロゼッタの姿が映った。

その時、誰かが横転した馬車の扉を強引《ごういん》に引《ひ》き剥がそうとする音が聞こえた。

薄《うす》れゆく意識の中、マクマスター子爵は必死に男装した愛娘《まなむすめ》へと手を伸《の》ばす。

それが、マクマスター子爵の記憶《きおく》にある最後の光景になった。

転倒《てんとう》した馬車に革鎧《かわよろい》で身を固め、剣《けん》を手にした人影《ひとかげ》が近づいていく。

二十人程だろうか。

街道《かいどう》を囲む森の中から現れた彼等の装いはまるで傭兵《ようへい》か野盗の様だ。

しかし、彼等の動きを第三者が見れば、彼等が正式な軍事訓練を受けていることを直ぐに見破った事だろう。

「成程……確かにマクマスター子爵家の紋章《もんしょう》だな……あの方の言われるように、かなり食い込まれている様だ」

男の一人が、転倒した馬車の扉に彫《ほ》り込まれた紋章を確認し、小さく呟《つぶや》いた。

その言葉に、傍《かたわ》らに立つもう一人の男が頷《うなず》く。

「はい……貴族の矜持と誇《ほこ》りを忘れた裏切り者です」

その言葉には、深い憎《にく》しみと嫌悪《けんお》が満ちていた。

実際、この場に居る男達にとって、マクマスター子爵は薄汚《うすぎたな》い裏切り者でしかない。

いや、それはマクマスター子爵家の前を走っていた他の貴族家にしても同じ事だ。

男達にとって、マクマスター子爵家の馬車を襲うべき確固たる理由はない。

今夜、御子柴亮真が開催《かいさい》した夜会に出席した貴族の中でそこそこ名が有って、他の貴族家が襲撃《しゅうげき》の邪魔《じゃま》をしない程度に離れた場所を通れば誰でもよかったのだから。

それに、マクマスター子爵は警備の兵士を同行させていない事も、男達にとっては好都合だった事もある。

恐らく、ザルツベルグ伯爵邸《はくしゃくてい》が王都からさほど離れていない事と、自らの腕前《うでまえ》に自信があったが故の判断だろうか、結果的にはそれが明暗を分けた。

ただ、目について襲いやすかったから襲っただけの事。

しかし、男たちはそんな無計画さが妨害《ぼうがい》されにくい状況を生み出すのだと知っていた。

偶然《ぐうぜん》とは神のみが支配する領域なのだから。

「子爵の方は確実に仕留めろ。下手に生きていられても困るからな。勿論、御者《ぎょしゃ》も一緒《いっしょ》に乗っている優男《やさおとこ》もだぞ？」

その問いに、人影の一人が小さく頷く。

そして、横転した馬車の扉を外そうとしている部下に近づく。

しかし次の瞬間、闇の中から何かが男に向かって放たれた。

喉《のど》に何か冷たい物が突《つ》き刺《さ》さる。

男は喉の奥《おく》から何か熱い物が込み上げてくるのを感じた。

それはやがて口いっぱいに広がる。

鉄を舐《な》めた様な何とも言えない味だ。

やがて男の体から力が抜《ぬ》けた。

次の瞬間《しゅんかん》、呼子笛の甲高《かんだか》い音が闇を切《き》り裂《さ》いて周囲に響き渡《わた》る。

そして、それに呼応する笛の音が闇の覆《おお》われた森のあちらこちらから鳴《な》り響く。

「円陣《えんじん》を組め！」

男達は、自らの立場が襲う側から襲われる側へ入れ変わった事を瞬時《しゅんじ》に悟《さと》る。

「何者だ！」

男達の一人が、暗闇《くらやみ》に潜《ひそ》む誰かに向かって叫《さけ》ぶ。

もっとも、答えを期待しての事ではない。

だが意外な事に、木々の奥から女の声が響き渡る。

「何者とはまた随分《ずいぶん》な物言いですね。御屋形《おやかた》様の招いた客人を襲う暗殺者の癖《くせ》に」

その言葉と同時に、闇の中から何かが空を切り裂いて、男達の方へと降り注ぐ。

もっとも、男達もただ棒立ちだった訳ではない。

手にした剣を振《ふ》るい、飛来する何かを必死で迎撃《げいげき》する。

とは言え、元々視界の悪い闇の中だ。

灯《あか》りと言えば、星の瞬《また》きと月明りくらいの物。

武法術で身体強化を施していても限度があった。

「くそ！」

周囲から悲鳴が零《こぼ》れる。

それでも、誰一人《だれひとり》後ろを見せずに素早《すばや》く円陣を組んだところを見ると、この男達はかなりの練度を積んできているようだ。

とは言え、多少腕《うで》が立つくらいでは、伊賀崎《いがさき》衆が張《は》り巡《めぐ》らせた包囲網《ほういもう》の突破《とっぱ》は不可能だ。

伊賀崎衆が吹《ふ》き鳴らした呼子笛の響きを聞いて、直ぐに別動隊であるリオネが兵を率いてやってくるだろう。

蜘蛛《くも》の巣にからめとられた昆虫《こんちゆう》の様に、何《いず》れは身動き一つ出来なくなる。

(奇襲《きしゆう》に驚《おどろ》いて逃げてくれれば楽でしたけどね……)

そんな男達の行動を見ながら、咲夜《さくや》は手で背後の部下へ合図を送る。

(しかし御屋形様の御慧眼《ごけいがん》は大したものですね)

勿論《もちろん》、襲撃を知っていた訳ではない。

ましてや、マクマスター子爵家が襲われる事など知りようもなかった。

だが、亮真は何者かに依る襲撃が行われた際、二つの可能性を考えていただけの事だ。

一つは、ザルツベルグ伯爵邸に対しての襲撃が企《くわだ》てられた場合。

そしてもう一つは、夜会の参加者が狙《ねら》われる場合だ。

だから亮真は、リオネに兵を伏《ふ》せておくように命じると同時に、屋敷の周辺に伊賀崎衆を配備していた。

その警戒網《けいかいもう》に男達はまんまと飛び込んできたという訳だ。

(これでマクマスター子爵に恩が売れますし……ね)

咲夜達は襲撃者《しゆうげきしや》である男達がこの森の中へ入ってきた瞬間より、彼等の動向をズッと監視《かんし》していた。

そして、マクマスター子爵の馬車が襲われ危機に瀕《ひん》したタイミングで割って入った訳だ。

勿論、馬車の襲撃を止めようと思えば止める事が出来た。

(でも、それでは旨みが無い……)

ザルツベルグ伯爵邸に居る間に、招待客が襲われればその責任は、御子柴亮真に有るだろう。

だが、夜会が終わって帰宅するタイミングではどうだろう。

少なくとも亮真に義務や責任はない。

(それに、マクマスター子爵の性格に関してはオルグレン子爵から聞いている。少なくとも恥《はじ》知《し》らずじゃないわ)

確かに、マクマスター子爵はローゼリア王国の貴族らしく傲慢だし偏屈《へんくつ》だ。

見た目だって貴族というよりは山賊《さんぞく》の親玉の様なもの。

御子柴亮真を成り上がり者だと蔑《さげす》んでもいる。

だが、一流の武人だし、領主としても及第点《きゅうだいてん》。

何より、恩讐《おんしゅう》にはこだわる性格で義理《ぎり》堅《がた》くもある。

ここで命を助ければ、必ず恩を返そうとするだろう。

そこまで計算出来ているからこそ、咲夜は男達が馬車を襲撃するのを許したのだ。

そして、危機に瀕したタイミングで割って入った。

何れ、命を救った借りを主君へ返して貰う為に。

(後は……背景の確認ね……)

男達が誰の命令で動いているのか、既《すで》に凡《およ》その見当はついている。

だが、出来れば確証が欲《ほ》しい。

だから咲夜は、なるべく挑発的《ちょうはつてき》に男達を煽《あお》る。

「それで、貴方達《あなたたち》は何者……その恰好から察するに野盗の様ね。大方、喰《く》うに困った傭兵崩《ようへいくず》れってところかしら？　きっとお腹《なか》が空き過ぎて、貴族様に縋《すが》ろうとしたのよね？　もしそうなら、私から御屋形様に頼んであげるわ。きっと慈悲深《じひぶか》いあの方なら、貴方達を憐《あわ》れに思って食べ物を恵《めぐ》んでくださる。まぁ、今夜の夜会の残り物ってところでしょうけれど、そこは我慢《がまん》して欲しいわ。でも、味は保証するわよ？」

勿論それは、咲夜の見立てとは違っている。

確かに男達の格好こそ傭兵風ではあるが、あの素早い連携《れんけい》や飛来する手裏剣《しゅりけん》を打ち落として見せた剣の腕から考えて、騎士かそれに近い手練《てだ》れなのは明らかなのだ。

だが、それを馬鹿正直《ばかしょうじき》に相手へ突き詰めても何の意味もない。

それよりは、その無駄《むだ》に高そうな誇り《プライド》をコケにして、相手の怒《いか》りを誘《さそ》う方が良いだろう。

実際、咲夜の言葉に、男達は顔色を変えた。

「野盗！　我々が野盗だというのか！」

男達の一人が、我慢しきれずに叫び返す。

自分達が馬鹿《ばか》にされているのだと悟ったのだ。

そして、その反応こそ咲夜の狙い。

「馬鹿！　黙《だま》れ！」

周囲から叱責《しっせき》が飛ぶ。

しかし、その行為自体が、男達の意識を一瞬だけ、闇《やみ》の中の敵から外してしまう。

次の瞬間、再び手裏剣の雨が彼等へと降り注いだ。

（お馬鹿さんね）

男達はかなりの手練れだが、圧倒的な強者ではない。

一瞬でも気を逸《そ》らせば、咲夜達の攻撃《こうげき》を防ぎきることは不可能だった。

今の攻撃で、男達の数は更《さら》に二人ほど減った。

「それで？　野盗の類《たぐい》ではないとすれば何なのかしら。まさか、この国の腐敗《ふはい》した貴族に恨《うら》みを持つ平民という訳でもないでしょうし……ね。となると残る可能性は、ルピス・ローゼリアヌス陛下が邪魔な貴族を始末しようとしているってところかしらね？　どう、図星でしょう」

それは嘲笑《ちょうしょう》。

国王の関与《かんよ》をほのめかして見せるなど、まさに悪意に満ちている。

その言葉に、男達は誰もが口を噤《つぐ》んだ。

（言い返してこないか……流石《さすが》に、引っかからないわよね）

ここで血相を変えて反論したり、言いくるめようとしたりすれば、それだけでルピス女王の命令であると関与を認めた事になる。

正確には、そういう事にして、吹聴《ふいちょう》する事が出来るだろう。

（でもまぁ、押《お》し黙るという段階で、意味はないけれどもね）

本当に男達がただの野盗ならば、この状況《じょうきょう》で国王の名前が出てくる事に最初は疑問を感じる筈《はず》だ。

そして、少し考えれば嘘《うそ》でも国王の威光《いこう》を笠《かさ》に着た方が、この場を切り抜けやすいと気が付くだろう。

咲夜の問いに直ぐに言い返すのは論外だが、押し黙っても結局は同じ事。

咲夜には男達の心の内が透《す》けて見えている。

「咲夜様……そろそろ」

伊賀崎衆の一人が、背後から咲夜へ耳打ちをする。

「ええ、そろそろ着く様ね……」

遠くからこちらへ向かってくる馬蹄《ばてい》の音に咲夜は気が付いていた。

(それでは、リオネさんが到着する前にケリをつけるとしましょうか)

どうせ目の前の男達が口を割る事はない。

男達の目に宿る光がそう物語っている。

誰もが最後まで必死に戦おうとするだろう。

いざとなれば自決も辞さない筈だ。

それが分かっているのに、生《い》け捕《ど》りにしようとするのは、無駄なリスクを生み出すだけ。

咲夜は高々と右手を天に向かって突《と》き上《あ》げると、ゆっくりとした動作で振り下《お》ろした。

まるで見えない刀で男達の命を刈《か》り取るかの様に。

「咲夜様……こ奴らはどのように？」

伊賀崎衆の手練れ二十人の手から放たれた棒手裏剣を全身に受け、男達は大地へと体を横たえている。

無数の棒手裏剣が体中に刺さり、まるでハリネズミの様な姿だ。

だが、彼等の多くは未だに息がある。

男達は、革鎧を身に着けていた。

棒手裏剣は手練れが投げれば鉄製のフライパンを貫通《かんつう》するほどの威力《いりょく》を持つ。

だが、それでも鎧《よろい》を身に付けている人間を即死《そくし》させるには、投擲《とうてき》の腕前だけではなく、的の当たり所が良くなければかなり難しい。

確かに、棒手裏剣は風車型手裏剣以上の殺傷力を持つ。

とはいえ、鎧や服の上から刺されれば貫通力は減衰《げんすい》してしまう。

実際、男達の中で即死したのは二人ほどしかいない。

彼等は、喉や目などの急所に棒手裏剣が突き刺さった運の無い人間。

だが、それでも咲夜は一向に構いはしなかった。

何故《なぜ》なら、棒手裏剣の刃《やいば》にも毒が塗《ぬ》られているのだから。

それも、致死性《ちしせい》の。

男達の体が小刻みに震《ふる》え、口から赤く染まった泡《あわ》を吹く。

（この間の密偵《みってい》と違い、彼等を生かしておく必要はないからね）

少し前に咲夜はベルグストン伯爵家に潜《もぐ》り込んだ間諜《かんちょう》を、始末した事がある。

その時は、背後関係を確認《かくにん》する為に、わざと殺傷力の低い風車型手裏剣と呼ばれる八方手裏剣に痺《しび》れ薬《ぐすり》を塗った。

密偵を生かしたまま無力化する必要があったからだ。

だが、あの時と今回とでは状況が違う。

男達を生かしておく必要などないのだ。

その時、リオネが馬の嘶《いなな》きと共に現場へと到着した。

部隊長にも拘《かかわ》らず、部隊の先頭を切って駆《か》けつけてきたところから見て、相当急いできたのだろう。

「悪い悪い。どうやらパーティーは終わっちまったみたいだね」

そう言うと、リオネは颯爽《さっそう》と馬から降りる。

それはまるで、獲物《えもの》を見つけた猫《ねこ》科の猛獣《もうじゅう》の様な軽快さ。

まさに【紅獅子《べにじし》】と呼ばれた女だけの事はある。

「お気になさらずに、リオネさん。こういう輩《やから》の始末は我々の方が得意ですから」

そう言うと、咲夜は朗《ほが》らかに笑う。

その顔に浮かぶのは同僚《どうりょう》に対しての親しみだ。

その言葉にリオネは軽く肩《かた》を竦《すく》める。

その後、大地に倒れ伏《ふ》す男達へと視線を向けた。

そして、リオネはしばらく何か押し黙ったまま考え込む。

「成程ね……ちなみに、この後の始末はどうするつもりだい？」

その問いに咲夜は軽く首を傾《かし》げた。

「死体の処理ですか？　街道に放置するのも不味《まず》いと思いますので、森の中にでも移動させるつもりです。後は勝手に怪物共が始末してくれると思いますが？」

襲撃を行った犯罪者の墓を造ってやるつもりなど咲夜にはない。

ただ、だからと言ってこのまま街道に放置も出来なかった。

この後、ザルツベルグ伯爵《はくしゃく》の屋敷《やしき》から王都へ帰る貴族の馬車がまだあるかもしれないし、夜が明ければ商人や旅人もこの道を通って王都へと向かうだろう。

それまでにはこの馬車の残骸《ざんがい》と襲撃者達《しゅうげきしゃたち》の死体を片付ける必要がある。

だから、森の中に死体を放置しておくのが、一番手間もかからず楽な筈だ。

しかし、リオネはそんな咲夜の提案に首を横に振った。

「まぁ、森に放置でも悪くはないけれど、折角《せっかく》だからね。ここは一手間掛《か》けようじゃないか」

「一手間……ですか？」

咲夜の言葉に、リオネは小さく頷くと背後に居た副官に手で合図を送って嘯《うそぶ》く。

「あぁ、罪人の末路なんて、吊《つ》るし首《くび》か斬首《ざんしゅ》ってのが相場……だろ？」

兵士と伊賀崎衆の手に依《よ》って、街道の左右に立ち並ぶ木々の枝に次々と吊るされていく男達の死体。

それはまるで、木に成った果実の様。

その傍らには、マクマスター子爵家の馬車を襲った野盗を御子柴男爵家の名において断罪すると書かれた立て板が添《そ》えられている。

「こんなものかねぇ」

「そうですね。この街道を通る人間には十分な警告となるでしょう。そして、我が御屋形様の武威《ぶい》を悟る事でしょう」

静かに揺《ゆ》れる奇妙《きみょう》な果実を見ながら、リオネと咲夜は小さく頷いた。

二人の行動は地球では残虐《ざんぎゃく》だし、違法《いほう》の様に感じるかもしれない。

罪人とは言え、裁判もなく見せしめの様な形で処刑《しょけい》されたのだから。

だが、大地世界の考え方では極《きわ》めて普通《ふつう》。

それこそ、地球でも海賊行為《かいぞくこうい》の代償《だいしょう》は、絞首刑《こうしゅけい》の上でさらし者にするというのが、最近まで続いてきたくらいなのだ。

警察力の低い世界では、人の善意や良識など何の意味もない。

そんな世界で治安を維持《いじ》する為には、力に依る威嚇《いかく》が何よりも有効なのだから。

しかし、二人は知らなかった。

風にたなびく様に揺れる襲撃者達が胸の奥底《おくそこ》に秘《ひ》めていた真の狙いを。

時間は、ほんの少し遡《さかのぼ》る。

それは、咲夜が男達の命を刈り取る一時間ほど前の事だ。

（マクマスター子爵との会談も無事に終わった。後でオルグレン子爵と、彼《かれ》を紹介《しょうかい》してくれゼレーフ伯爵には礼をしておかないとな……）

夜会を終え、招待客達が次々と己《おのれ》の馬車へと乗り込み、ザルツベルグ伯爵邸を後にしていく。

その様子を屋敷《やしき》の二階の角に設けられた執務《しつむ》室《しつ》の窓から見ていた亮真は、満足げに笑うと視線を後方へと向けた。

薄暗《うすぐら》い部屋だ。

灯りと言えば、机の上に置かれた燭台《しょくだい》の灯《ひ》と窓から差し込んでくる月明りくらいだろうか。

「取り敢《あ》えず、これで第一幕は終わりだな」

「はい、全てはこちらの思惑《おもわく》通りに……彼等は思《おも》い悩《なや》み選ぶ事でしょう。彼ら程度では到底《とうてい》手に入らない品々でもてなすのは、とてもうまい圧力の掛《か》け方《かた》だと思います。特にあの魚料理を出す際に行った演出は見ものでした。アレを見せられては、貴族達の多くは亮真様の持つ財力を否《いや》が応《おう》でも理解するでしょう」

その問い掛けに、部屋の隅《すみ》で待機していたローラが小さく頷く。

「まぁな。直接的な脅迫《きょうせま》ってのは相手によっては逆効果になる。それこそアーレベルク将軍の愚《おろ》かな末路を見れば明らかだから……な」

自らの努力と才覚によって一国の将軍にまで上《のぼ》り詰めたその女は、悪意に満ちた姦計《かんけい》によって夫と最愛の娘《むすめ》を最悪な形で失った。

そしてその結果、彼女《かのじょ》の心は高潔な軍神から復讐《ふくしゅう》の悪鬼《あっき》へと変貌《へんぼう》した。

その元凶《げんきょう》となったアーレベルク将軍とその家族を手に掛けずにはいられない程に。

直接的な脅迫《きょうはく》という行為《こうい》の持つ利点と欠点。

追《お》い詰められた鼠《ねずみ》は猫を噛《か》むのだ。

それが分かっているからこそ、態々《わざわざ》遠方より大金を掛けて取り寄せた魚料理を一度客の前で落として見せるなどと言う、あざとい演出をして貴族達に圧力を掛けたのだから。

（家族を狙うっていうのは、道理や人情、周囲に露見《ろけん》した時の風聞などを度外視すればそう悪い手でもない……ただし、使い方を間違《まちが》えれば、自分の命どころか家族にまで累《るい》を及《およ》ぼす劇薬でもある）

それは亮真の偽《いつわ》らざる本心。

とはいえ、これは実際に家族を失ったエレナに対しては言えない話である。

それこそ、不用意な発言で亮真とエレナの間に亀裂《きれつ》を入れる訳にはいかないのだから。

しかし、邪魔な人間の家族を狙うというのは決して悪い選択《せんたく》とは言えない。

いや、道義も何もかも無視した理不尽《りふじん》であるからこそ、抑止力《よくしりょく》としては最高とさえ言えるかもしれないだろう。

少なくとも、亮真は脅迫の有効性を否定はしない。

映画や漫画《まんが》の悪役が主人公の家族や恋人《こいびと》を人質《ひとじち》にするなんて使い古された展開だが、使い古されているというのは、決して悪い事ではない。

有効な手段だからこそ使い古された手段とも言えるのだから。

勿論、好き好んで選びたい手段とは言えない。

だが、必要だと判断すれば亮真は躊躇《ちゆうちよ》なく選ぶ。

人の上に立つ立場である以上、自らの心情や感情を優先するべきではないのだから。

(ただし、どれほど有効な手段も適切な使い方が出来なければ意味はないがね)

そういう意味から言えば、今は亡《な》きホドラム・アーレベルクという男の行動はお粗末《そまつ》という一言に尽きる。

確かに、エレナの夫を惨殺《ざんさつ》して首を晒《さら》し、娘を誘拐《ゆうかい》して将軍位から身を引くようにと迫《せま》るのは目の付け所としてはそれほど悪くはないだろう。

誘拐した娘を奴隷《どれい》商に売《う》り払《はら》った事も、その奴隷商がエレナの娘を無残にも死に追いやった事も、事の善悪はともかくとして今は問題ではない。

(あの当時、ホドラム・アーレベルクがローゼリアの将軍位に就《つ》くには他《ほか》に道がなかったのは確かだ。エレナさんとあの男では役者が違《ちが》い過ぎる)

問題にするべきは、アーレベルク将軍が何を求め、欲《ほつ》したのかという点と、それを得る為に適切な行動をとったのかという点だ。

「亮真様がアーレベルク将軍を愚かと断じるのは……エレナ様を生かしておいたという点でしょうか?」

ローラの問いに、亮真は小さく頷いた。

「まぁ、端的《たんてき》に言ってしまえばそうだ……な」

亮真は決してアーレベルク将軍を好ましい人間だとは思って居ない。

いや、端的に言ってしまえばカスと言い切っていい部類の人間だとすら思って居る。

ただし、それは彼の人間性に関しての部分だけ。

純粋《じゅんすい》な能力だけでいえば、エレナとホドラムはそこまで大きな差はないだろう。

エレナを引退に追いやった後、まがいなりにも一国の軍事を掌握《しょうあく》する将軍位を十数年もの間、無事に務めて来たのだ。

先の内乱で見せた醜態《しゅうたい》や、彼の長年における専横に対しての不満から周囲のホドラム・アーレベルクという男にたいする評価が著《いちじる》しく低いのは確かだが、それだけで彼という人間が無能だったと断じる事は難しい。

とはいえ、大過なく務められる事とその地位に相応《ふさわ》しい人間であるかとは別の話。

そういう視点から言えば、アーレベルク将軍はどう見ても人の上に立つべき器量ではなかった事は確かだし、周囲もそう見ていた。

それに、エレナとアーレベルクはそれ程年齢《ほどねんれい》が離《はな》れていない。

エレナが引退を視野に入れる時期には、ホドラムも引退を考えなければいけないという事になる。

後釜《あとがま》としてアーレベルクが将軍位を引き継《つ》ぐのはかなり無理があるだろう。

そういう意味から言えば、正規の手段に見切りをつけエレナを排除《はいじょ》しようとするのも、その為の手段として家族を狙うというのは決して悪くはない。

だが、直接的ではないにせよ自らが手を汚《よご》す覚悟《かくご》をしてまで欲した栄達でありながら、アーレベルクは最後のツメを誤った。

「少なくとも旦那《だんな》さんと娘さんを殺したのならば、時機を見てエレナさんも始末するべきだ」

亮真が感じる最大の問題点。

それは恨みの根を残した事だ。

家族をネタに引退を迫るのであれば、実際に家族を襲う必要はない。

脅迫が有効なのは、大事な物を傷つけられ奪《うば》われるかもしれないという未来の可能性に対しての不安だ。

逆に言えば、実際に大切なものを傷つけられ奪われてしまえば、後に残るのは怒りと憎悪《ぞうお》のみ。

信憑性《しんぴょうせい》を出すという意味で夫を殺すのは有効かもしれないが、確実にエレナの恨みを買う。

リスクとしてはかなり高い。

その上、娘を誘拐してエレナの下へ帰さないなんて最悪の悪手を通《とお》り越《こ》して、ただの馬鹿としか言いようがないだろう。

ましてや、当時の人間関係を考えれば証拠《しょうこ》はなくともホドラム・アーレベルクが最有力の容疑者になるのは自明の理。

そうなれば、何時《いつ》かは自分に牙《きば》を剝《む》く未来が予測出来た筈なのだ。

（実際、実行犯の一人である奴隷商人の口から話の全貌《ぜんぼう》が零れた訳だしな……）

「アーレベルク将軍はそれを理解していなかったと？」

ローラの問いに、亮真はゆっくりと首を横に振る。

「まぁ、今となっては結果から推測するしかないが、あれは脅迫というよりは、平民階級出身でありながらローゼリアの将軍になったエレナさんに対しての、嫉妬《しっと》や恨みって側面が強い。エレナさん本人を殺さなかったのも、彼女の名声や人望を恐《おそ》れたっていうよりは、家族を失って打ちひしがれている様子を見て悦《えつ》に入《い》っていたんじゃないかと俺《おれ》は見ている」

無論、エレナを物理的に排除するのはリスクを伴《ともな》うのは確かだろう。

だが、どちらかといえばそのリスクを恐れたというよりは、憎い相手をタダ殺すのではつまらないというアーレベルクの粘着質《ねんちゃくしつ》な暗い憎悪が見《み》え隠れしている。

（私情を優先したんだろうな）

ただ、脅迫という手段の本質を考えれば、まさに愚の骨頂だ。

「まぁ、そういう意味から言えばアーレベルクの話とは前提条件がちょいとばかり違うが……今回みたいに相手が権力者でプライドの高い連中だと話の進め方に注意が必要なのは事実……そう考えると今夜の夜会はまずまずの出来さ」

まさか成り上がり者と蔑んでいた御子柴男爵家の夜会で、想像以上の厚遇《こうぐう》を受けた事を不満になど思える筈もないだろう。

（ここまでは良い……後は……）

確かに夜会は首尾《しゅび》よく終わった。

だが、今日という日はまだ終わりを告げてはいない。

「さて、夜も更《ふ》けて来た……これ以上お待たせするのも悪いからな……ローラ、ゲルハルト子《し》爵《しゃく》をお呼びしてくれ」

その言葉にローラは小さく頷くと部屋を後にした。

雲間の間から月が顔をだし、窓から青白い光が部屋に差し込んでくる。

それはまるで、亮真に対して道を指し示すかのような光景だった。


その日、フリオ・ゲルハルト子爵は今日何度目か分からない深いため息を漏《も》らしていた。

既に、準備していたカツラと付《つ》け髭《ひげ》は外している。

服装に関しても、既に流行が何年も前にすぎ去った時代遅《おく》れの服を脱《ぬ》ぎ捨《す》て、うらぶれた貧《びん》乏《ぼう》貴族の様相は既に欠片《かけら》もなかった。

ここは王都ピレウスの森の中に佇《たたず》むザルツベルグ伯爵家《はくしゃくけ》の屋敷。

いや、より正確に言えば元ザルツベルグ伯爵邸というべきだろうか。

(会場の片隅《かたすみ》から夜会の様子を見てはいたが、中々に管理が行き届いている……ザルツベルグ伯爵の時代から仕えているであろう使用人もいるだろうに、彼等《かれら》には動揺《どうよう》が見られなかった。

どうやら伯爵が討《う》たれた事による影響《えいきょう》は極めて小さいようだな)

そう言うと、ゲルハルト子爵は再びため息をついた。

貴族派の首魁《しゅかい》として、御子柴男爵家の主催《しゅさい》する夜会に顔を出すのは危険すぎる行為ではあったが、その危険を冒《おか》すだけの価値はあった。

少なくとも、自分自身が参加する事で、御子柴男爵家の持つ、財力や武力に関して嫌というほど理解出来たのだから。

(あの夜会は圧巻と言えるだろう……あれを見せつけられれば、どんな貴族でも御子柴男爵家の持つ経済力の凄《すご》さを痛感するはずだ……)

何しろ、舌の肥えているはずの貴族達がこぞってテーブルに群がるのだ。

成り上がりの男爵《だんしゃく》が開いた夜会などにろくな料理が出る筈もないと、数日前には宮中で散々けなしてきたくせに……だ。

(まぁ、それも当然か……私でもあれを見せられれば食指が動こうという物だからな)

変装して参加していたとはいえ、あまり人目を引くのは避《さ》けたいのが本音だ。

だから、ゲルハルト子爵は殆《ほとん》ど会場の片隅から動かずに周囲に気付かれないように様子を窺《うかが》っていたのだ。

その所為《せい》で、料理自体はあまり口にしていない。

給仕係が気を利《き》かせて持ってきた酒と皿に取り分けられた何種類かの料理を口にした程度だ。

だが、それだけで十分だった。

美食家としての顔を持つゲルハルト子爵の味覚と嗅覚《きゅうかく》は並み外れている。

テーブルの上に並べられた料理や酒から漂《ただよ》ってくる香《かお》りを嗅《か》げば、レベルは容易に想像がつくし、その料理を実際に口にすればその料理人の腕前まで見通す事が出来るだろう。

そんなゲルハルト子爵から見ても、立食形式で提供された料理や酒はその全《すべ》てが一級品ぞろい。

他の大陸から輸入されたと思われる香辛料も惜《お》しげもなく使われている。

物によっては、同じ重さの金よりも価値があるといわれる香辛料を……だ。

あれだけでも、ゲルハルト子爵が貴族派の首魁として権勢を奮っていた時に開いた夜会に匹《ひっ》敵《てき》する規模と水準なのが見て取れる。

しかも、提供された料理が独創的だった。

確かに大地世界での一般《いっぱん》的《てき》な料理である焼き物やスープ系の煮物《にもの》の類も卓の上に並んではいた。

だが、大抵《たいてい》の貴族はその隣《となり》に置かれていた料理の方に目を奪われた。

例えば、油の消費が激しくなかなか口にする事の出来ない揚《あ》げ物《もの》や料理人の腕が如実《にょじつ》に出てしまう蒸《む》し料理《りょうり》などが所狭《ところせま》しとテーブルの上に並んでいるのだ。

また、特に目を引いたのは生きた魚介《ぎょかい》をその場で捌《さば》き、油や香辛料と和《あ》えた料理だろう。

果物などを除けば、基本食材には火を通すことが多い大地世界ではかなり珍《めずら》しい品。

西方大陸の沿岸部ではああいった生食の料理があると聞いてはいたが、ゲルハルト子爵ですら初めて口にする料理だ。

そして、あの圧巻とも言える演出。

（まさか、あれほど見事な魚を何匹《なんびき》も用意しているとはな……）

貴族達がどよめく程見事なスズキを目の前で床《ゆか》に落として見せ、一度落胆《らくたん》させておいてから、すぐさま代わりを持ってこさせるなど誰《だれ》が考え付くだろう。

御子柴亮真は給仕係の不調法だと言って詫《わ》びて見せたが、どう見ても事前に打ち合わせをしていたのが見て取れる。

しかも、料理の皿が空になれば、すぐさま次の皿が運ばれてくる始末だ。

（いや、ばれるのも計算の内に入っているだろう……あの程度の魚など幾《いく》らでも手に入れられるという事か……）

そこでゲルハルト子爵は小さく首を横に振った。

（確かにあの男の領地であるウォルテニア半島は海に囲まれている。近隣《きんりん》諸国との交易港としても発展してきているから、海産物を手に入れる機会は我々の様な内陸部に領地を持つ貴族に比べれば多いだろう。だが……だからと言って……）

そもそも論として、王都ピレウスは沿岸部から大分離れている。

当然、食卓《しょくたく》に上る食材の多くは、肉やイモなどの穀物といったもの。

魚料理が完全にない訳ではないが、川で獲《と》れる魚や小エビが主流だ。

美食家と呼ばれる有力者の中には、態々海から魚介類《ぎょかいるい》を運ばせる人間もいない事はないが、どうしても日数がかかり鮮度《せんど》も悪くなってしまうのが殆どだろう。

毎年貴族が死ぬ理由の何割かは食あたりだなんて冗談《じょうだん》も出るくらいだ。

しかし、今日の夜会で並んだ品は明らかに鮮度が違う。

貴族達の食べっぷりを見た限り、生臭《なまぐさ》さもなければ、腐敗臭《ふはいしゅう》もなかったはずだ。

だが、問題はそこだけではない。

（皆《みな》に配られた皿も、料理を持った器も……熟練の職人が手掛《てが》けた陶器《とうき》だった。品質は悪くない。我《わ》が家《や》でも十分に賓客《ひんきゃく》をもてなすのに使えるレベルだ。だが、問題はそこではない……）

料理とは基本、時間と共に味が劣化《れっか》していくものだ。

熱いラーメンも時と共に温《ぬる》くなり、味が変わってしまうのと同じようなものだろう。

しかし、付与《ふよ》法術を施《ほどこ》されている食器ならば話は変わる。

術者の生気《プラーナ》を流し込む事によって、温かい料理を温かいままに、冷たい料理を冷たいままに長時間維持する事が出来るのだから。

とはいえ、それは言葉にするほど簡単な話でもない。

付与法術を会得《えとく》した術者は西方大陸全土を見回してもかなり希少な存在だ。

文法術の様に知識を必要とする上に、対象の道具に紋様《もんよう》に似た複雑な術式を刻み込むという作業が必要となる。

さらに技術的な修練も必要となる為《ため》、習得には武法術や文法術以上の時間が必要となってしまう。

また、付与法術を使う術者の多くは排他的《はいたてき》だ。

付与法術に用いられる術式の多くは親族間での継承《けいしょう》が殆ど。

武具に施される機会の多い、硬化《こうか》や軽量化といった術式は秘伝とされている。

例外と言えるのは、奴隷の管理に用いられる、呪印とも呼ばれる強制の術式くらいだろうか。

ただどちらにせよ、付与法術を会得している術者は少ないのは確かだ。

（しかも、皿を持った人間が意図的に生気を流し込まなくても発動するとはな……恐らく生気の消費効率が恐ろしく高いのだろう……あれを付与した術者は相当な技量……）

付与法術は、使用者の生気を糧《かて》にして付与された特定の効果を発動する術だ。

だから、基本的には生気をコントロールする事の出来る法術を会得した人間にしか使えない。

確かに術者ではない普通の人間でも生気は身にまとってはいるが、その程度の保有量では術式を発動させられないのだ。

しかし、今日の夜会で使用された食器はゲルハルト子爵のそんな常識を打《う》ち砕《くだ》いた。

実際、ゲルハルト子爵が気付いたのは、自分が手にしていたグラスの酒が氷を入れていないのに何時までも冷たいままだったからだ。

（あの男がどのような手段を用いたか分からん……だが、今夜の夜会に招かれた二百人近い人間に、あれほど高度な術式を施された食器を提供できるだけの財力と伝手《つて》がある事だけは確か……）

それがどんな意味を持つか、ゲルハルト子爵は理解していた。

どれほど思案に耽《ふけ》っていたのだろう。

扉《とびら》が軽く叩《たた》かれ、女の声が聞こえてきた。

「我が主人が執務室までお越《こ》しいただきたいとの事です」

その言葉に、ゲルハルト子爵は小さく頷くと、ソファーから腰《こし》を上げる。

そして、テーブルの上に置かれたグラスを手にすると、景気づけとばかりに一息で飲み干した。


メイド服に持を包んだ銀髪《ぎんぱつ》の少女に案内された部屋で、御子柴亮真と初めて言葉を交《か》わしたフリオ・ゲルハルトは、自らの思いを正直に伝えた。

今更《いまさら》取り繕《つくろ》ったところで意味が無いと判断しての事。

だから、御子柴亮真が口にしたこの国の行く末をどう思っているかという問いに対して、ゲルハルト子爵は正直な気持ちを口にしたのだろう。

「亡《ほろ》びる……ですか。随分と思い切った事を口にされますね」

「ええ……時代の流れとは言え、五百年も続いたこの国が亡びる様を目にするのは、実に痛ましい事です。初代国王の弟を祖に持つ我がゲルハルト子爵家としては特に……ね」

先ほどの亮真の問いが反逆ギリギリのきわどい発言だとすれば、今のゲルハルト子爵の回答はラインを完全に踏《ふ》み越えた発言といえる。

だが、ゲルハルト子爵の顔には憂《うれ》いも迷いもない。

放たれた言葉の意味から考えれば、それは異常というべきだろう。

事実を事実として受け入れている証だ。

そして、ゲルハルト子爵は手にしていたグラスの水を口にすると、静かにテーブルの上に戻《もど》し言葉を続ける。

「今さら言うまでもない事ですが、ルピス・ローゼリアヌス陛下の治世は既に末期状態。女王の側近であるメルティナ・レクターが必死になって綻《ほころ》びを取り繕おうとしているようですが、今更彼女《いまさらかのじょ》に出来る事など限られています。王城に勤めている官僚達《かんりょうたち》の尻《しり》を随分と叩いているようですが、正直に言って応急処置にすらならない……」

そういうと、ゲルハルト子爵は亮真へ笑《え》みを向けた。

「ましてや、【イラクリオンの悪魔《あくま》】と呼ばれる男を敵に回したのです……まさか、ザルツベルグ伯爵家との戦に干渉《かんしょう》する事を意図的に避けたルピス陛下の思惑を、御子柴殿《どの》が理解されていない筈はないでしょう?」

悪意や嘲笑といった感情ではない。

どちらかと言えば、困難をどう切り抜けるのかという期待に満ちた笑みだろうか。

どちらにせよ、ゲルハルト子爵は亮真が思っていた以上にこの国の現状を把握《はあく》しているらしい。

(公爵《こうしゃく》から子爵へと位を落とされ、本拠地《ほんきょち》である王国南部の要所であったイラクリオンから辺境の農村に領地替《が》えをされた割には随分と王宮内の情勢に詳《くわ》しいな……流石に長年貴族派を束ねてきた男だけの事はあるか……)

一時期は貴族派の勢力も随分と縮小したと言う話だったが、最近盛り返してきたという話は

本当の事らしい。

財産や領地を制限したところで、長年培《つちか》ってきた人脈を完全に切る事は出来なかったようだ。

自分の領地に引きこもっていた筈のゲルハルト子爵が、王城の奥深《おくふか》くに鎮座《ちんざ》するルピスの思惑を見透《みす》かしているのがその証だろう。

そして、ゲルハルト子爵は同時に確信しているのだ。

【イラクリオンの悪魔】と呼ばれる男が、座して死を待つはずがない事を。

「【イラクリオンの悪魔】ですか……自業自得《じごうじとく》とはいえ、随分と大仰《おおぎょう》な悪名です」

「だが、その悪名に因《よ》って私は先の戦で敗北を味わった。また、ザルツベルグ伯爵を討ち取り北部十家の領地を接収した不安定な時期にもかかわらず、こうして貴殿《きでん》が領地を留守にしていられるのも、あの悪名が領民達の反抗心《はんこうしん》を抑《おさ》えている事を貴方《あなた》自身が御存《ごぞん》じだからだ。無論、鞭《むち》だけではなく豊富な財力を用いて飴《あめ》を与《あた》えているからこそではあるでしょう。ですが、どちらにせよ貴殿は己の持つ悪名すらも計算に入れて行動している……違いましたかな？」

ゲルハルト子爵の問いに亮真は苦笑いを浮《う》かべる。

それが紛《まぎ》れもない事実である事を自分自身が良く理解していたからだ。

悪魔という存在が、神という絶対正義に敵対する永遠の悪役なのは、この大地世界でも変わらない。

そして、人々に疫病《えきびょう》や地震《じしん》といった天災を齎《もたら》すとされ忌《い》み嫌《きら》われる存在でもある。

確かに、言葉の響《ひび》きとしてはそう悪くはない。

戦国の覇者《はしゃ》と呼ばれる織田信長《おだのぶなが》の配下でありその覇業《はぎょう》を支えた家臣の一人である柴田《しばた》勝家《かついえ》の異名は【鬼柴田《おにしばた》】だったし、関ケ原の戦いにおいて戦の勝敗が決した後に敵陣《てきじん》を突破して脱《だっ》出《しゅつ》するという離《はな》れ業《わざ》を演じた島津《しまづ》義弘《よしひろ》は【鬼島津《おにしまづ》】と恐れられた。

確かに鬼《おに》と悪魔では物が違う。

だが、日本人の感覚からすれば、【イラクリオンの悪魔】という名前は悪魔の様な強さや知略に対しての誉《ほ》め言葉《ことば》の様に聞こえなくもない。

しかも、プロのスポーツ選手など限られた業種を除き、現代日本で他人から異名を貰《もら》う事などまずないといっていい以上、貴重な体験といえなくもないだろう。

そういう意味からすれば、多少は誇《ほこ》ってよいのかもしれない。

まぁ、この大地世界に召喚《しょうかん》されるまではごく普通の高校生でしかなかった亮真にしてみれば、どちらかと言えば誇らしさよりは気恥《きは》ずかしさを感じる方が先だろうが。

しかし、そんな亮真の感想は、あくまでも日本人であるからこそ感じる感情だ。

科学技術が発達していない大地世界では大分話が変わってくる。

法術と呼ばれる未知の力が現実に効力を及ぼし、未《いま》だに神々の神秘が存在するこの世界において、悪魔や魔女《まじょ》という存在が持つ意味は決して軽くないのだ。

亮真の脳裏《のうり》に一冊の本の表紙が浮かんだ。

印刷技術が未発達なこの大地世界で書籍《しょせき》はかなり高価な品なのは確かだろう。

だが、それだけの価値があった。

それは、シモーヌ・クリストフが亮真の命令でセイリオスの街へと持ち込んだ大量の書籍の中の一冊。

そこには、西方大陸の片田舎《かたいなか》で細々と信仰《しんこう》されてきた土着の宗教が突如《とつじょ》として大陸最大の宗教団体へと変貌し、人間を神の作り出したこの世の支配者であると妄信《もうしん》した結果、ネルシオスを始めとした亜《あ》人種《じんしゅ》と呼ばれる存在達との間で起きた大乱の後の歴史が記されている。

（悪魔《あくま》狩《が》り……か）

今から四百年近く前の西方大陸では、飢饉《ききん》や天災が起きると、その原因を悪魔という存在に求めてきたという歴史がある。

亜人達を排斥《はいせき》する事に成功した人間が新たに求めた敵だ。

そして、浄化《じょうか》と救済という名目の下、悪魔と目された人間が断罪されてきた。

（神を善、魔を悪な存在と考え排除するのは、世界が異なっていたとしても変わらない物らしい。まるで魔女狩りが盛んだった中世のヨーロッパだ）

勿論《もちろん》、亮真が書籍を読んだ範囲《はんい》で明確に悪魔が存在したという証拠はない。

あるのは悪魔と目された人間を裁判に掛け処刑したという歴史だけ。

それは、一緒《いっしょ》に購入《こうにゅう》した他の書籍にも言える事だ。

また、悪魔狩りによって悪魔とされた人間の大半は、光神教団に対して批判的な言動を口にする者や、流民や地主にこき使われる様な自分の土地を持たない小作人など、平民階級の中でも最下層に近い人間だったらしい事を考えると、彼らが実際に悪魔と言われる存在であったとは到底思えない。

（第一、あの本に書かれた悪魔の力が本当ならば、裁判に掛けられて処刑なんてされる訳ないからな）

そもそもとして、天候を操《あやつ》り疫病を起こせるほどの力を持つ存在が人間に捕《つか》まるだろうか。

もし仮に捕まえられたとして、彼らが大人しく判決を受け入れ処刑される必然性などない。

必死で暴れるだろうし、最悪処刑は避けられないとしても、その超常《ちょうじょう》の力を用いて周囲を道づれにしようとするのが自然だ。

何せ光神教団の教義において、彼等《かれら》悪魔は死と破壊《はかい》をまき散らし、人間を苦しむ事を求める絶対的な敵なのだから。

要は目障《めざわ》りな存在を排除する為の口実か、或《ある》いは天災などで家族を失った人間の嘆《なげ》きや憤《いきどお》りを抑えるための生贄《いけにえ》の様な物だったのだろう。

そしてそれは中世ヨーロッパで盛んにおこなわれた魔女狩りとよく似ていた。

ただ、これはあくまでもこの西方大陸における過去の話でもある。

幸いというべきか、今の西方大陸では悪魔狩りは久しく行われていない過去の遺物だ。

（光神教団自体の自浄《じじょう》作用か、はたまた召喚された地球の人間が持ち込んだ思想が原因かは分からないけどな……だが）

問題は、その当時の凄惨《せいさん》な記憶《きおく》が、今なお子孫である西方大陸に住まう住民達に受《う》け継がれてきているという点だ。

未だに、悪魔や魔女という言葉に対して民衆が抱《いだ》く感情には穏《おだ》やかならざるものがあるのも確かだ。

ザルーダ王国への遠征《えんせい》後にはわずかな手勢でオルトメア帝国《ていこく》の侵略《しんりゃく》を阻《はば》んだ功績から、ローゼリアの国民の間でも【救国の英雄《えいゆう》】などと呼ばれ始めはしたが、未だに悪貨は良貨を駆逐《くちく》するの喩《たと》えの如くらしい。

エレナが持つ【ローゼリアの白き軍神】やリオネの異名である【紅獅子】とは異なり、恐れられると同時に忌み嫌われる蔑称《べっしょう》に近いだろう。

（まぁ、必要に迫られた選択だったとはいえ、あれだけの人間を殺したんだ。ある程度は覚悟していた事だしな）

先の内乱時、テーベ河の河畔《かはん》に渡河《とか》の為の陣屋《じんや》を構築した際、攻《せ》め寄《よ》せてきたケイル・イルーニアが率いる兵の大半を計略によって水死させ、生き残った兵士を慣例を無視して捕虜《ほりょ》にする事なく鏖殺《おうさつ》したのは否定の出来ない事実だ。

しかも、領民の徴兵《ちょうへい》を妨害《ぼうがい》し貴族派の内部分裂《ぶんれつ》を誘《さそ》う為に、その事実をイラクリオン周辺の村々に流したのは亮真自身の策だし、噂《うわさ》を広めるように命じた傭兵《ようへい》に話を誇張《こちょう》しろと命じてもいる。

そういう経緯《いきさつ》から考えれば、亮真に付けられた【イラクリオンの悪魔】という異名は極めて妥当《だとう》だし、自業自得としか言えない。

（それにゲルハルト子爵の言葉は正しい）

悪名を持つ人間に対して人は恐怖《きょうふ》を抱く。

そして、恐怖とは抑止力になる。

亮真がこの西方大陸における悪魔という存在が持つ意味を知らなかったのは確かだが、与えられた悪名をうまく利用しているのは事実だろう。

そして、その事をゲルハルト子爵は見抜《みぬ》いている。

(毒を食わば皿までか……)

正直に言えば、フリオ・ゲルハルトと手を組むのは大きな賭《か》けだろう。

今まで敵対していた勢力と手を組もうというのだ。

場合によっては、せっかく味方にしたベルグストン伯爵達《はくしゃくたち》を敵に回してしまう可能性も出てくる。

しかし、今の亮真がローゼリア王国を武力で制圧するのは現実的ではない以上、使えるものは使うべきなのもまた事実だ。

だから、亮真はゲルハルト子爵に向かって最後の問いを口にした。

しかしその瞬間《しゅんかん》、亮真の耳が呼子笛特有の甲高《かんだか》い響きを捉《とら》える。

(呼子笛の音！　まさか！)

それは、伊賀崎《いがさき》衆が敵を見つけた時になる合図の音だ。

どうやら対面に座《すわ》るゲルハルト子爵の耳にも今の笛の音が届いたらしい。

訝《いぶか》し気《げ》に窓の外へと視線を向けた。

「はて……こんな夜中に笛の音が？」

やがて、屋敷の中が慌《あわ》ただしくなっていく。

今の笛の音の意味を知る者は襲撃《しゅうげき》に備える為に武器庫へと走り出すし、未だに帰宅の途《と》に就いていない貴族達は、その剣呑《けんのん》な空気を敏感《びんかん》に察し警戒《けいかい》を強めている。

自分の主君の命を危険に晒す訳にはいかないのだ。

彼らにしてみれば、御子柴男爵《だんしゃく》家が敵か味方なのかすら判断出来なくなっていた。

「少々お待ちいただけますか？」

亮真は不安そうな表情を浮かべるゲルハルト子爵に一言声を掛けると、素早《すばや》く部屋の扉を開けようとした。

だが、亮真がドアノブに手を振《ふ》れる前に、サーラが扉を開ける。

「ご会談のところ失礼いたします……」

本来であればあまり褒《ほ》められた行動ではないだろう。

主人の許しもなく部屋の扉を開けるなど、常識的に考えられない。

だが、今の状況《じょうきょう》では、誰もそのことを責めようとはしなかった。

「それで？」

「分かりません。ただ、伊賀崎衆の報告では、マクマスター子爵の乗った馬車が野盗と思《おぼ》しき男達の襲撃を受けたとの事です。今は咲夜様が応戦し襲撃者達を足止めをしており、まもなくリオネ様が率いる部隊が現場に到着《とうちゃく》するかと」

呼子笛が奏《かな》でる拍子《ひょうし》により、ある程度の情報伝達を可能にしていた事が功を奏したらしい。

いわばモールス信号の様なものだ。

（事前に準備しておいて正解だったな……ただ、襲撃を受けたとなると……いったい誰の手引きだ？）

確かに思い当たる人間は何人かいた。

その中でも、最大の容疑者と言えばルピス女王とその忠実な臣下であるメルティナ・レクターだろう。

とは言え、夜盗《やとう》と思しき男達という報告には少しばかり引っかかりを感じる。

「その言い方だと……襲撃者の人数はそう多くないのか？」

「報告では二十人前後との事です……」

その答えに、亮真は押《お》し黙《だま》る。

（二十人前後？　何故《なぜ》……本当に殺したいのなら、軍隊規模でも良い筈《はず》なのに……それに、マクマスター子爵を襲《おそ》ったというのも気になる……何故、彼なんだ？）

もし亮真が今夜開かれた夜会の帰りの貴族を襲わせるのであれば、百人程度は人数を用意する。

確かに、馬車一台を襲撃するだけなら、二十人程度でも問題はない。

しかし、夜会が終わった帰りを狙《ねら》う場合、目標以外にも帰宅途中《とちゅう》の馬車が居ないとは言い切れない。

それに、主催者側《しゅさいしゃ》の警備も計算に入れる必要があるだろう。

目標だけを相手にする事を考えるのであれば可能かもしれないが、それでは文字通りの博打《ばくち》になってしまう。

それこそ運が悪ければ、襲撃を察知した他の貴族達が集まってきてしまい、逃《に》げ場《ば》を失う可能性だってあるのだ。

（対応がチグハグだ……敵の狙いが読み切れない……）

黙り込む亮真。

そんな亮真の背にゲルハルト子爵は躊躇《ためら》いがちに声を掛けた。

「御子柴殿、悪いが私はこれで失礼させていただこうと思う……よろしいかな？」

その問いに、亮真は再び押し黙る。

その顔に浮かぶのは恐怖の色。

権力者であるがゆえに、自分の命の危険を感じているのだろう。

（確かにこの状況では帰りたくなるのは当然か……だが……）

状況がハッキリしない今、軽率《けいそつ》に動く事が吉《きち》と出るか凶《きょう》と出るかは微妙《びみょう》なところ。

亮真としても、直《す》ぐに結論を出すのは難しかった。

だが、思い悩む亮真の耳に階下の喧騒《けんそう》が聞こえてきた。

それは、誰かと誰かが言い争う声。

一人はローラの様に聞こえるが、遠すぎて何を言っているのか分からなかった。

亮真は武法術で聴力《ちょうりょく》を強化する。

（もう一人は誰だ？）

一階から上がってこようとしているのはどうやら警護の騎士《きし》らしい。

次の瞬間、男の怒号《どごう》がザルツベルグ伯爵邸《はくしゃくてい》の壁《かべ》を震《ふる》わせる。

「馬鹿《ばか》な！　何を言っている！　主君の身を守るのは我々の役目！　まさか貴様らの策謀《さくぼう》ではないだろうな！」

「どうかお待ちください！　状況を確認《かくにん》し次第《しだい》ご連絡《れんらく》させていただきます」

「おぉ、あの声は……どうやら異変に気付いた私の護衛が迎《むか》えに来たようだ。御子柴殿、申し訳ないが通して貰えるかな？」

ゲルハルト子爵が亮真へ声を掛《か》けた。

どうやら、ゲルハルト子爵も聴力を強化していたらしい。

そして、声の主にも聞き覚えがあるようだ。

無言のまま自分の命令を待つサーラに、亮真は小さく頷《うなず》いて見せた。

それを確認したサーラは小さく頷くと、素早く踵《きびす》を返す。

それから数十秒ほどたっただろうか。

言い争う声は少しずつ小さくなっていき、やがて聞こえなくなった。

しばらくして、亮真が廊下《ろうか》の端《はし》にある階段へ視線を向けると、そこにはマルフィスト姉妹に連れられた五人の騎士がこちらへ向かって歩いてくる姿が見えた。

マルフィスト姉妹が左右に並んで、後ろに続き騎士達を先導している。

だが、その姿を目にした瞬間、亮真は言い知れぬ悪寒《おかん》に襲われた。

(なんだ?)

騎士の姿は一見、何の不自然もなかった。

甲冑《かっちゅう》を着込んでいるのだろう。

金属がぶつかるカチャカチャという音が耳に響く。

だが、兜《かぶと》を被《かぶ》っていないので顔はハッキリと確認出来た。

確かに、この屋敷にゲルハルト子爵が訪《おとず》れた際に、護衛として連れてきた男達だ。

それは、いつの間にか亮真の横に立っているゲルハルト子爵の表情からも疑いようがない。

だが、それでも亮真が抱いた違和感《いわかん》は消えるどころか少しずつ大きくなっていく。

明確に何かが変なのに、その理由が理解出来ない。

もやもやとした感覚が亮真を襲う。

そして、騎士が二十メートル程の距離《きょり》まで近づいた際に、亮真は唐突《とうとつ》に全てを理解した。

(そうか!　マントだ!)

亮真の記憶では、騎士達はこの屋敷を訪れた際に純白のマントを着用していた。

だが、そのマントを今は身に着けていないのだ。

勿論、それだけならば別段不自然ではない。

如何《いか》に護衛とは言え、屋敷《やしき》の中を警護するのに防寒具を兼《か》ねたマントなど必要ないのだから。

問題は、この護衛の騎士達は屋敷の周りを警戒すると言って、屋敷の中に入らなかった事。

そして、主人の命を守ろうと駆《か》けつけた護衛が、まさか他人の家を訪問する際のＴＰＯにしたがって、身に着けていたマントを外して使用人に預けたとは考えにくい。

それも、五人全員が……だ。

その事に気付き亮真は警戒心《けいかいしん》を跳《は》ね上《あ》げる。

そんな亮真の心の動きを察したのだろう。

騎士達は少しずつ歩く速度を上げる。

いや、もうすでに五人は先導するマルフィスト姉妹を追い越して、亮真に向かって駆けだしていた。

数十キロはある筈の板金鎧《ばんきんよろい》を身に着けているにもかかわらず、その速さはまさに疾風《しっぷう》と言っていいだろう。

明らかに武法術に因《よ》る身体強化の結果だ。

マルフィスト姉妹も敬愛する主人の表情と、騎士達の行動から異変に気付いたのだろう。

素早くメイド服の下に隠《かく》していた短刀を引《ひ》き抜《ぬ》く。

続けてマルフィスト姉妹は、第五のチャクラである喉《のど》に位置するヴィシュッダ・チャクラへと生気を循環《じゅんかん》させる。

人を超《こ》えた力の奔流《ほんりゅう》が二人の体を満たしていく。

ただし、その時には騎士達は既《すで》に亮真との距離を詰《つ》めていた。

そして、五人の内、二人がローラ達へ向き直る。

二人が足止めをし、三人が標的に襲い掛かるという事なのだろう。

そして、騎士達は腰の剣を鞘《さや》から引き抜く。

距離は既に五メートルほどまで詰められていた。

（こいつら！）

如何にザルツベルグ伯爵邸の通路が広めに作られているとはいえ、流石《さすが》に三人の騎士を同時に相手取って戦うには広さが足りない。

それは、目の前の三人も理解しているのだろう。

（先頭の奴《やつ》がこちらの気を引き、周囲を囲んで止《とど》めを刺《さ》す……犠牲《ぎせい》を前提とした必殺の連携《れんけい》か）

下手に一撃《いちげき》目を避けようとすれば、後方から迫る二の刃《やいば》、三の刃が体勢を崩《くず》した亮真を切《き》り裂《さ》くだろう。

それに、部屋の中へ戻るというのもあまり良い選択肢《せんたくし》ではない。

自分の後ろに立っているゲルハルト子爵は未だに状況を理解していないのか、棒立ちのままだ。

武門の名家であれば、たとえ貴族でも武人としての経験を持っている。

だが、ゲルハルト子爵は元々公爵の地位に居た、ローゼリア王国における貴族の中でも頂点に近い存在。

そんな彼《かれ》に、一人の武人としての経験がある筈もなかった。

武法術は貴族の嗜《たしな》みとして習得しているだろうし、剣術《けんじゅつ》なども嗜みとして習得してはいるだろうが、命を賭けた殺し合いに使える様なモノではないのだ。

亮真が後方に下がっても、ゲルハルト子爵の体はこの場から動かない。

そうなれば、間違《まちが》いなくゲルハルト子爵は襲撃者達《しゅうげきしゃたち》の手に因って殺される筈だ。

(鬼哭《きこく》は……駄目《だめ》だな)

ゲルハルト子爵との会談の最中で、鬼哭は置いてきてしまっている。

流石に話し合いの場に妖刀を持ち込む馬鹿は居ないのだから。

亮真に向かってくる騎士達も亮真が丸腰《まるごし》だと計算に入れての襲撃だろう。

亮真に向かって先頭の騎士が剣を大きく振りかぶった。

その顔には勝利を確信した笑みが浮かんでいる。

(仕方ないな……高いシャツなんだが……)

だから亮真は、シャツについていたボタンの一つをむしり取り、右手の中指と人差し指の間に挟《はさ》み込む。

そして、左胸の前あたりからスナップを利かせる様に、右手を横に振るった。

その瞬間、先頭を走る騎士の口から、獣《けもの》の様な咆哮《ほうこう》が放たれ、通路に響き渡る。

それは羅漢銭《らかんせん》という名の武器であり、その技法の応用だ。

元々、羅漢銭はその名の通り銭《ぜに》を用いた中国武術の暗器を用いた武術の一つの事であり、本来は銅銭などの外縁《がいえん》を削《けず》るなどして鋭《するど》さを持たせる投擲《とうてき》術の一種。

それを亮真は身に付けていたシャツのボタンで応用して見せた。

まぁ、銅銭ほど大きくはないし、重くもないシャツのボタンだ。

本来であれば、そこまでの殺傷力はない。

だが、亮真の様な武の達人が、武法術で身体強化した状態で、急所である目を撃《う》ち抜けば話は別だろう。

騎士は顔を手で押さえ、床の上を転げまわっている。

誰もが目の前で起こった事を理解出来なかった。

周りにしてみれば、亮真はただ、手を横に振って見せただけにしか見えないのだから。

状況が分からずに、誰もが動く事を忘れた。

そして、その一瞬《いっしゅん》の空白こそが亮真の狙いだ。

その瞬間、亮真は残った騎士達に向かって一気に間合いを縮めた。

（狙いはまず、左側の騎士！）

それはまさに一《いち》か八《ばち》かの賭けだ。

だが、丸腰の状態で選べる選択肢は少ない。

そして、亮真には確信があった。

自らの身に沁《し》みついた武の力を。

亮真の動きに気付き、騎士は本能的に剣を振り上げると亮真に向かって振り下《お》ろす。

それが、最悪の選択《せんたく》である事など知る由もなく。

騎士の体の側面に体を滑《すべ》り込ませながら、亮真は騎士の顎《あご》と下唇《したくちびる》との間にある下昆《かこん》へと拳《こぶし》を叩き込む。

勿論、ただの正拳《せいけん》ではない。

人差し指の第二関節を突《つ》き出《だ》した一本拳と呼ばれる拳だ。

そして、下昆を撃ち抜かれて意識が飛びかけている騎士の横をすり抜け後方に回り込むと、頭部を掴《つか》んで捻《ひね》りを加え頸椎《けいつい》を砕いた。

そして、状況が呑《の》み込めていない最後の一人へと襲い掛かる。

そんな亮真へ向かって、騎士はあらん限りの力を込めて剣を突き出す。

自分の命がこの一撃に懸《か》かっている事を本能的に察したのだ。

だが、如何に決死の一撃であっても、苦境から逃《のが》れんが為の悪あがきでしかない。

体勢の崩れた状況で、間合いも溜《た》めもフェイントもない突きなど、亮真にとっては止まっているのと同じだ。

亮真は喉元《のどもと》に向かって突き出された刃を軽く首を振る事で躱《かわ》すと、そのまま間合いを詰める。

そして、騎士の顎を下から擦《こす》り上げる様に掌底《しょうてい》で打ち抜きつつ、そのまま騎士の後頭部を渾《こん》身《しん》の力を込めて床に叩きつけた。

武法術に因って強化された亮真の身体能力と、自分自身の自重の全てが後頭部に集中して砕けない筈《はず》もない。

卵を落とした時に聞こえるグシャッという音と共に、床の上に赤い大輪の花が咲《さ》き誇る。

「亮真様！　ご無事ですか！」

「顔に血が！　御怪我《おけが》は？」

その言葉と同時に、それぞれの標的を沈黙《ちんもく》させたマルフィスト姉妹が主の下へと駆け寄ろうとした。

しかし、そんな二人を亮真は手で制止する。

「返り血だから心配はいらない。それに、今拭《ぬぐ》っても無駄《むだ》だ。どうせまた汚《よご》れる」

そう言うと、亮真は未だに顔を押さえてうめき声をあげる騎士の後頭部に下段《げだん》蹴りを放った。

ズンという音と共に、屋敷に鈍《にぶ》い振動《しんどう》が走る。

亮真の足の裏から、何かが砕ける感触《かんしょく》が伝わってきた。

やがて騎士の体から力が抜けていく。

そんな騎士の最期を眼下に見下ろしながら、亮真は小さく舌打ちをする。

「招かれざる客……か。大分汚してしまったから掃除《そうじ》が大変だ。まったく、ユリア夫人に怒《おこ》られるな……」

廊下に倒《たお》れる五つの死体。

そのうち、マルフィスト姉妹が始末した二人の死体は比較的《ひかくてき》綺麗《れい》だ。

だが、亮真が殺した方はかなり惨《むご》たらしい。

頸椎を砕かれた騎士はまだマシだが、後の二つは頭部がぐしゃぐしゃで見るも無残なものだ。

しかも、その所為《せい》で亮真の体にはかなりの血が飛び散っている。

「御子柴殿……」

あまりに突然《とつぜん》の事で、ゲルハルト子爵《ししゃく》は言葉を失っていた。

いや、未だに状況がつかめていないのだ。

そんなゲルハルト子爵に向かい、亮真は朗《ほが》らかな声で明るく話しかけた。

「どうやら、当初予定していた話題を少し変える必要がある様ですね……ねぇ、ゲルハルト子爵」

飛び散った血の痕《あと》を顔に残したまま、亮真は悠然《ゆうぜん》と微笑《ほほえ》む。

まるで虫けらを一匹《ぴき》踏《ふ》みつぶしただけだと言わんばかりに。

そんな亮真に対して、ゲルハルト子爵は言い様の無い恐怖を感じた。

(まるで……人の形をした悪魔……)

ゲルハルト子爵の背中に冷たい物が流れて落ちていく。

ゲルハルト子爵は理解していた。

目の前で笑みを浮かべている男に自分が勝てないのだという事実を。

そして、唐突に悟《さと》ってしまった。

自らがローゼリア王国の貴族として選ぶべき道を。

窓の外に浮かぶ月に、分厚い雲が覆《おお》いかぶさろうとしていた。

ゲルハルト子爵の心と同じ様に。

エピローグ

亮真《りようま》とゲルハルト子爵との間で設けられた密会から数日が経《た》っていた。

時刻は正午辺りだろうか。

夜会を無事に終えた亮真達は、王都の貴族街に建てられた、もう一軒《けん》のザルツベルグ伯爵邸へ移動していた。

此処《ここ》は屋敷の二階の奥《おく》に設けられた執務室《しつむしつ》。

そこに集まった面々を見回しながら、亮真は静かに口を開く。

「さて、いよいよ明日だな」

その問いに亮真を囲む面々が無言のまま頷いた。

今更《いまさら》、明日が何の日かを問う声はない。

それはそうだろう。

ローラとサーラのマルフィスト姉妹を筆頭に、リオネや伊賀崎厳翁《いがさきげんおう》とその孫娘《まごむすめ》である咲夜《さくや》といった当初からのメンバーが顔をそろえている。

それに加え、この屋敷の表向きの主であり、亡《な》き夫の爵位《しやくい》を継承したユリア・ザルツベルグ夫人に、【ザルツベルグ伯爵家《はくしやくけ》の双刃《そうじん》】と謳《うた》われたロベルト・ベルトランとシグニス・ガルベイラといった先の戦の後に新たに臣下となった面々もこの場に集められていた。

更《さら》には、先日秘密裡《ひみつり》にではあるものの亮真へ臣下の礼をとったベルグストンとゼレーフの両伯爵に加えてエレナ・シュタイナーの姿もある。

この場に居ない面子《メンツ》と言えば、御子柴《みこしば》男爵家の本拠地であるセイリオスの街の開発と警備を任されたボルツや、御子柴男爵家の経済力を支える為に交易に尽力《じんりょく》するシモーヌ・クリストフといった内政を担《にな》う人間。

後は、ローゼリア王国北部一帯にまで支配地域が拡大した為、御子柴男爵領の防諜網《ぼうちょうもう》を早急に構築しなおしている伊賀崎衆の長老達くらいだろうか。

正式に臣下となった者もいれば、未だに協力者という形の立場である人間もいる。

だが、どちらにせよこの場に集まった人間には共通点がある。

誰《だれ》もが軍事、内政、諜報《ちょうほう》といった各分野で御子柴亮真という男を支える人材であるという事だ。

そんな彼等《かれら》にとって、明日に何が起こるかは今更問われるまでもない事だろう。

王都ピレウスに到着した日から今日まで、全《すべ》ては明日の為に費やしたと言ってよいのだから。

(出来ればネルシオスさんもいてくれると良かったが……まぁ、あの人の立場が立場だ……問題は……)

亮真は鎧兜《よろいかぶと》で顔を隠したまま壁際《かべぎわ》に並ぶディルフィーナとその配下である五人の女達へ視線を向けた。

本来であれば、御子柴男爵家の有力な協力者であるネルシオスには、この場に参加する権利があるだろう。

だが、ウォルテニア半島に暮らす亜人達を統括《とうかつ》する部族長という立場がある為《ため》、半島の外に出向くのは中々に難しい。

亜人達が完全に御子柴亮真に対して協力するという意思で統一されれば話は変わるのだろうが、未だに人間に懐疑的《かいぎてき》な意見を持つ者も残っており、彼等の懐柔《かいじゅう》の為にセイリオスの街と己《おのれ》の村を往復して交易品を運ぶ日々の筈《はず》だ。

その為、今のところはディルフィーナを筆頭とした彼女達《かのじょたち》がウォルテニア半島内に暮らす亜人の代表といった立ち位置になる。

まぁ、代表とはいっても彼女達はあくまで七つある部族の一つである、ネルシオスが部族長を務める黒エルフ族の中から選ばれた人員に過ぎない。

ウォルテニア半島に暮らす亜人種全体の代表かと言えば、多少語弊《ごへい》があるかもしれない。

しかし、ネルシオスが亮真との交易を主導しているのは事実である。

それに、当事者であるネルシオス本人が、他《ほか》の部族との調整などでウォルテニア半島から動けない以上、ディルフィーナ達が代表ではないとも言い切れない。

日本的な表現で言えば、親善大使や観光大使といったようなレベルか。

勿論、派遣先《はけんさき》の相手国からは無下にされることはないし、選ばれるのは大変に名誉《めいよ》な事なのは確かだ。

特定の分野ではそれなりの権限を持ってもいるし相手国に対して自分の意見も言える。

だが、最終的な意味での決定権はないといったところだろうか。

そんな微妙な立ち位置の彼女達六人は今回、マルフィスト姉妹の配下として行動を共にする事になっている。

端的《たんてき》に言えば亮真の護衛。

とは言え、実に豪勢《ごうせい》な護衛と言えるだろう。

何しろ、【狂鬼《きょうき》】の異名を持つネルシオスやその娘《むすめ》であるディルフィーナは、戦力だけを考えればロベルトやシグニスに匹敵《ひってき》するのだ。

その実力はザルーダ王国に遠征した際に従軍していたディルフィーナが既にリオネの前で証明している。

何しろ、奇襲《きしゅう》を受けて混乱していたとはいえ、単身でオルトメア帝国の輸送隊に突撃《とつげき》し、見事に隊長を討《う》ち取《と》って見せたのだから。

そんなディルフィーナが率いる五人も、ネルシオスが部族の中から選抜《せんばつ》した戦士であり、実力は折り紙付きと言える精鋭《せいえい》だ。

将棋《しょうぎ》に喩《たと》えれば飛車や角の大駒《おおごま》と言っていい。

だが、問題がない訳でもない。

戦士としての力量は申し分なくとも、亜人という部分でどうしても制約がついてしまうのは確かだ。

勿論、亮真達が亜人種を忌避《きひ》している訳ではない。

セイリオスの街の内政を主導するボルツや、シモーヌより亜人との交易における交渉《こうしょう》窓口として派遣《はけん》されたアレハンドロの尽力もあって、両者の関係は実に友好的といえるだろう。

ただし、それはあくまでも御子柴亮真が支配する地域に限っての事。

より正確に言えば、セイリオスの街を中心としたウォルテニア半島内部での話に限定されてしまう。

確かに、ローゼリア王国があるのは光神教団の影響力《えいきょうりょく》がそれほど強くない大陸の東部ではある。

とはいえ、黒エルフであるディルフィーナ達が素顔《すがお》をさらして行動が出来るかと言えば、首を横に振るしかない。

間違いなく一騒動《ひとそうどう》起きるだろう。

ザルツベルグ伯爵との戦を終え、城塞《じょうさい》都市イピロスを制圧した現在でも、彼女等を領民達の目に触《ふ》れないようにしているのもそれが理由だ。

勿論、時機を見て少しずつイピロス周辺で暮らす領民達と交流を持たせるつもりではある。

だが、それは今すぐに出来るようなものではないのだ。

下手をすれば、聖戦と呼ばれる過去の大乱を再度引き起こす引き金にすらなりかねないのだから。

そして、亮真の支配地域である北部一帯ですらそんな状況である以上、王都ピレウスで亜人種が姿を見せるのは決して得策ではない。

ましてや、ザルツベルグ伯爵家との間で行われた戦の件で貴族院より召喚状《しょうかんじょう》を出された亮真にとってみれば、今の状況で亜人種との関係が衆目の目に晒《さら》される事は自ら敵に弱みを暴露《ばくろ》するのと同義だ。

そういう意味からすれば、彼女達をピレウスに連れてきたのは間違いと言ってもいい。

だが、彼女達はネルシオスが態々《わざわざ》選抜し、亮真との友好関係をさらに発展させる為に派遣した人材だ。

そんな彼女達をセイリオスの街に放置したまま、亮真が王都へ赴《おもむ》くというのは、友好関係を構築する上で好ましい事とは言えない。

だからこそ、夜会で使う物資の運搬《うんぱん》が終わった後も、亮真はディルフィーナ達を側に護衛として置いているのだから。

(まぁ、二人からすれば当然なんだろうけど……な)

ネルシオスにしてみれば、不安定な立場を少しでも安定させたいと考えるのは当然の事。

そして、ディルフィーナ達【黒蛇《くろへび》】の面々は皆《みな》、生きた宝石と謳われるほどの美貌《びぼう》を誇っている。

何より、ネルシオスが派遣した黒エルフ族の中に、男性がただの一人もいない段階で、その狙いは明らかだろう。

そんな事を考えていると突然、亮真は自分の左右に座るマルフィスト姉妹から向けられる強い視線を感じた。

何気ないふりをしながら視線を向けると、ローラとサーラは亮真に向かって満面の笑《え》みを浮《う》かべて見せる。

別に不満げな様子はない。

表面上は普段《ふだん》と同じ朗らかな笑顔《えがお》だ。

ただし、決定的に何かが普段と違《ちが》っている。

強《し》いていえば、その笑みから放たれる威圧《いあつ》感の様な物の存在だろうか。

そして、その笑みに秘《ひ》められた意味が分からない程《ほど》、亮真も鈍感《どんかん》ではない。

端的に言えば、ディルフィーナ達へ目を向けた事が気に入らないという事なのだろう。

ただし、問題はそこにある感情が亜人種に対する嫌悪《けんお》ではなく、同性に対しての敵意という点だった。

(まったく……勘《かん》が良いこった)

ディルフィーナを始めとした彼女達は、戦士であると同時にエルフ族らしい美貌を誇る。

また、黒エルフは通常のエルフ族とは異なり豊満で、清純や清楚《せいそ》というよりは妖艶《ようえん》で淫《みだ》らな雰囲気《ふんいき》をかもしだしている者が多い。

そしてそれは、マルフィスト姉妹にはないものだ。

(二人共対抗《たいこう》意識というか敵対心というか……二人共十分に美少女と言われる姿だろうに、なんでなんだろうな?)

それが亮真の偽《いつわ》らざる疑問だ。

ローラ達《たち》の容姿に非の打ちどころはない。

二人の美しさに並び立つ女性は極《きわ》めて限られるだろう。

勿論、この広い大地世界《アース》を隅《すみ》から隅まで探せば、二人を凌駕《りょうが》する美しさを誇《ほこ》る存在も見つからないとは言えないのは事実だ。

とはいえ、水準以上である事に違いはない。

百点満点ではないかもしれないが、確実に九十五点以上だろう。

(まぁ、確かに胸や尻《しり》の大きさだけを比べれば、ディルフィーナ達の方に軍配が上がるだろし、大人の魅力《みりょく》って点では負けるだろうが……)

だが、胸や尻だけが女性の魅力ではない。

顔の造作もそうだが、身長からくる全体のバランスも大切だし、内面からにじみ出る人間性も重要な要素だ。

また、男性が恋人《こいびと》や愛人に求める要素と妻となる女性に求める要素は違う。

それは逆に女性から男性に求める場合も同じ事がいえるだろう。

目的や立場、あるいは年齢《ねんれい》によって魅力的《みりょくてき》とされる要素は幾《いく》らでも変わってくる。

第一、二人の胸は亮真から見て十分な大きさを持ち合わせている。

二人の身長や体重のバランスなどから考えても、現状が最善の筈だ。

ディルフィーナ達は確かに妖艶な雰囲気で周囲を魅了《みりょう》するが、姉妹達の清純さや献身《けんしん》を重視する人間だって多い。

だが、人は自分にない物を求めてしまうもの。

自らが持たざる物にこそ、価値を感じるらしい。

俗《ぞく》にいうところの、隣《となり》の芝生《しばふ》は青く見えるという奴だろうか。

（これで、二人とリオネさんの仲が悪くないっていうのも、良く分からないしな……）

【紅獅子《べにじし》】の異名を持つ赤髪の女傭兵は、妖艶さとも清純さとも無縁《むえん》な存在だ。

容姿も十分に魅力的だが、それを前面に出すようなタイプではないらしい。

どちらかと言えば、女性的な魅力というよりも、豪快《ごうかい》さや快活さといった男性よりの性格が持ち味と言えるだろう。

当初から亮真の事を坊《ぼう》やと呼び、揶揄《からか》って楽しむような性格でもある。

そういう意味からすると、マルフィスト姉妹とは水と油程に違う。

だが、マルフィスト姉妹にとってリオネは敵対心を向ける相手ではないらしい。

確かに口喧嘩《くちげんか》程度は目にするが、割とうまくやっている感じだ。

（まぁ、明日の件もあるし、例の一件に関しても対策が必要だからな。こっちは取り立てて今すぐ対応が必要って訳でもないから……そのうちに……な）

組織が大きくなれば、全員と仲良くなど出来ない。

勿論《もちろん》、仲良くの定義にもよるし、限られた人数であれば例外もあるだろう。

だが、学生生活を考えればわかる様に、同じ学校出身でも名前と顔が一致《いっち》する人間は極めて限定されてくる。

人によっては、同じ教室で学ぶクラスメイトでも顔と名前があやふやという場合だってあるだろう。

これが友人と呼べる程度の付き合いかどうかという点に絞《しぼ》れば、対象は更に限定されてくる。

仲のいい人間もいれば、悪い人間もいるだろう。

人間が三人いれば派閥《はばつ》が出来るというのは、人の持つ心の動きを端的に表した言葉だ。

みんな仲良くというのは建前としては立派だが、現実的には不可能といえる。

同じ人間同士ですらそんな状況なのだ。

亜人種《あじんしゅ》と人間の共存は亮真の理想であり夢だが、その道のりははるか先だ。

そんな理想論に対処するよりも先に考えなければならない事が山積みなのだ。

(何よりも問題は、明日だ)

亮真は円卓《えんたく》を囲む面々の顔を見回す。

そして、おもむろに口を開いた。

「まずは、シグニスとロベルト。明日の手筈《てはず》は分かっているな?」

その問いに二人は互《たが》いに軽く視線を交《か》わすと、亮真の方へと顔を向けた。

彼等には、先日行われた夜会の警護に続いて重要な二つの仕事がある。

一つはザルツベルグ伯爵家と御子柴男爵家の戦における事の顛末《てんまつ》をユリア夫人と共に証人として尋問《じんもん》を受ける事。

そしてもう一つは裁判が終了《しゅうりょう》した後、亮真達がセイリオスの街へ戻《もど》る際に一行を警護する事だ。

（まぁ、証人尋問の方は特に問題はないだろう。事実を事実として話せばよいだけの事なのだから）

伊賀崎衆の防諜《ぼうちょう》活動によって特に効果が出ていなかったとはいえ、ザルツベルグ伯爵家を筆頭とした北部十家の各家が御子柴男爵家に対して諜報活動を行っていたのは事実だ。

また、本音の部分はさておき、御子柴亮真が掲《かか》げたローゼリア王国の為という大義名分は否定しにくいものである。

確かに兵の指揮権譲渡《じょうと》を迫《せま》ったのは、西方大陸の貴族社会ではかなり異例な事ではあるので、意図的に挑発《ちょうはつ》して戦に持ち込んだという解釈《かいしゃく》も出来るだろう。

だが、先の内戦時に彼らザルツベルグ伯爵達が北部一帯から兵を動かさなかった事もまた事実なのだ。

確かにローゼリア王国北部の防衛という視点から考えれば、彼等が兵士を動かさなかったことは間違ってはいない。

だから、今まで誰からもその事に対して責任を追及《ついきゅう》されてこなかった。

しかし、それも国内最強の一角と目される武人であったザルツベルグ伯爵が健在であればこそ、問題視しなかったというだけに過ぎない。

確かに国境の防衛は重要だ。

だが、警備で兵が動かせなかったかもしれないが、ザルツベルグ伯爵家の保有する兵力を考えれば、少人数でも騎士を派遣するなどの対応が可能だった筈だ。

或《ある》いは、【ザルツベルグ伯爵家の双刃】と名高い、シグニスやロベルトを派遣するという事も、選択肢としては可能だっただろう。

それが、ただの一兵も動かさなかったとなれば、ローゼリア王国に対して忠誠心がないと言われるのも致《いた》し方《かた》ない事だろう。

そういった諸事情を考慮《こうりよ》すると、ザルツベルグ伯爵家と北部十家の面々がローゼリア王国の貴族としての責務を放棄《ほうき》している事が、今回の戦の発端《ほったん》であるという亮真の主張には一定の合理性が認められる筈だ。

理論武装としての大きな矛盾《むじゅん》はない。

無論、それはあくまでも御子柴亮真とその仲間から見た事実ではある。

だが、幸いな事にそれを証言する人間はいない。

何しろ北部十家の当主や後継者《こうけいしゃ》は、先の戦で戦死しているか、戦後処理の中で敗戦の責任を取るという形で表向きは自裁している。

実際には処刑《しょけい》に近いのだが、そこは正直に言ってどうとでもなるだろう。

そして、生存するユリア夫人を始めとした北部十家の生存者は、全員が御子柴亮真という男に対して絶対的な忠誠を誓《ちか》っているのだ。

何故《なぜ》なら、彼らは全員がロベルトやシグニスと同じように、家族関係に確執《かくしつ》を抱《かか》えた人間。

端的に言えば、父親や兄弟に疎《うと》まれ己の力量を発揮する機会を求めてきた人間ばかりだ。

そんな彼らが、鬱屈《うっくつ》した人生の呪縛《じゅばく》から解き放ってくれた亮真を陥《おとしい》れる必要などない。

(問題はその後だ……この前の襲撃《しゅうげき》もある。本当ならば、もっと兵を連れていきたいところなんだが……限られた兵数で切り抜けられるかどうかは賭《か》けだ……な)

勿論、ロベルトとシグニスはどちらも卓越《たくえつ》した武人であるし、今までもザルツベルグ伯爵の警護役を幾度《いくど》か務めてきた経験がある。

実力と実績の両面から見ても最適の人選といえるだろうし、亮真も二人には全幅《ぜんぷく》の信頼《しんらい》を置いている。

ただし、それでも不安が残らなくもないのだ。

何しろ、前回の夜会の警護が襲撃を受けるかどうかわからないという不確定な状況《じょうきょう》だったのに対して、今回は間違いなく戦闘《せんとう》になる事が分かり切っている。

しかも、ここ王都ピレウスにおける御子柴男爵《だんしゃく》家の味方は限られているのが現状だ。

実際に戦闘が始まった際に、援軍《えんぐん》が来る可能性は極めて低いだろう。

そういう意味からすれば、この新参者である二人が明日から行われる一連の策の明暗を分ける重要な要素の一つである事は間違いない。

そして、それは当事者である二人も十分に理解していた。

もっとも、そんな重要な仕事を任された二人が見せたのは、亮真の心配とは対照的とも言うべき態度だった。

「ええ、問題はありません、御屋形様《おやかたさま》」

「全てアンタの指示通りさ、旦那《だんな》」

シグニスが家臣としての形式と礼儀《れいぎ》を守るのに対して、ロベルトの口調は家臣というよりは土建屋の親方に対するような態度だろうか。

王都の裏道にある場末の酒場辺りであれば問題はないのだろうが、この貴族が住まう屋敷ではまず耳にする事はない口調といえる。

それこそ、場合によっては不敬として死罪を申し付けられても文句は言えないだろう。

とは言え、そんなロベルトの不作法を今さら咎《とが》めるほど亮真も愚《おろ》かではない。

第三者の居る公式の場であるならばともかくとして、この場はあくまでも内輪の集まり。

第一、ロベルトの価値はその程度では傷つかないのだ。

しかし、それでは済まない人間もいる。

「ロベルト！　お前！」

シグニスが椅子《いす》から立ち上がり、横に座《すわ》るロベルトに向かって声を荒《あら》らげた。

これは本気でロベルトの態度に怒っているというよりは、亮真や周囲に見せるパフォーマンス的な意味合いが強い。

下手に主君である亮真が叱責《しっせき》するよりは影響《えいきょう》が少ないと判断しての事。

それに、新参者として、周囲の古参メンバーへのアピール的な意味合いもあるのかもしれない。

シグニスにしてみれば、ロベルトは数少ない友人なのだ。

そんな友人が、つまらない誤解で周囲から排斥《はいせき》される様な事だけは避《さ》けたいと思ったのだろう。

だが、そんなシグニスに対して亮真が手で制する。

「あぁ、問題ない問題ない。今は軍議の最中とはいえ、身内しかいないからな。シグニスも気楽にしてくれて構わないよ」

そんな主である亮真の言葉に、シグニスは軽く頭を下げると、自らの椅子に腰《こし》を下ろした。

実際、ロベルトが自分をどう呼ぼうが、亮真自身はあまり気にはしない。

勿論、限度はあるし時や場所も問題にはなってくる。

王宮の中や、客を招いている宴会《えんかい》の席などで家臣に旦那呼ばわりされれば亮真の面目《めんぼく》が潰《つぶ》れてしまうのだから。

だが、実際のところロベルトの旦那呼ばわりなど可愛《かわい》いものでしかない。

リオネなどは未《いま》だに亮真を坊やと呼んではばからないし、ボルツは若と呼ぶのだから。

(それに、ロベルトは偏屈《へんくつ》と言うか天邪鬼《あまのじゃく》な性格だが、貴族として十分な教養を持っているし、空気も読める)

その気になれば、完璧《かんぺき》な礼法を守って見せる事だろう。

下手をすれば、にわか男爵《だんしゃく》である亮真や平民出身のリオネの方が教えを乞《こ》う立場になる。

とはいえ、問題がない訳でもない。

（新参と古参の軋轢《あつれき》……か。今は特に問題ではないが……）

リオネは御子柴男爵家の中で最高幹部の一人。

また、この部屋に居る人間の中ではマルフィスト姉妹に次いで二番目に長い付き合いになる。

古参と言っていいだろう。

そんなリオネと、先の戦《いくさ》で敵として戦ったロベルトの立場は決して同じではない。

たとえ今は同じ亮真の家臣であったとしても……だ。

（常識的なシグニスに曲者《くせもの》のロベルトか……まぁ、二人共能力的には問題ない。今のやり取りを見た感じリオネさんといい周囲の反応も悪くないようだし……後は俺《おれ》がこの二人をうまく使えるかどうかだな……）

古参と新参の争いなんて、組織の割れる原因の最たるものなのだ。

そういった軋轢をうまく制御《せいぎょ》する事が組織の長として最も重要な責務といえるだろう。

全ての打ち合わせを終え、亮真が解散を告げると、皆が次々に席を立ちあがる。

勿論、明日に向けての最終確認《かくにん》に赴くのだろう。

誰もが足早に部屋を後にしていく。

だが、一人だけ何時《いつ》までも席から立ち上がる気配のない人間がいた。

亮真が視線を向けると、エレナが静かに見返してきた。

どれほど見つめ合っただろうか。

やがて、沈黙を守っていたエレナがゆっくりと口を開く。

「しかし、貴方《あなた》も思い切った手を選んだものね」

その声に含《ふく》まれるのは葛藤《かっとう》と悲しみだ。

確かに、【ローゼリアの白き軍神】と呼ばれる英雄《えいゆう》にしてみれば、明日から幕を開ける一連の策は決して愉快《ゆかい》なものではない。

だが、亮真に対しての非難の色がそこにないのは、致し方ないと理解している証なのだろう。

そんなエレナに亮真は静かに問いかける。

「気に入りませんか？　ルピス・ローゼリアヌスを討つ事が……この国の民を守る最善の手段だと理解していても……」

その目には一片《いっぺん》の疚《やま》しさもなければ迷いもない。

まさに明鏡止水の心持とでも言うのだろう。

亮真の覚悟《かくご》は既に定まっている。

今の言葉は別に建前を口にしたのではないのだ。

(本気でそう思っているのね……自分はこの国の王を殺す資格と権利があると……この子はそう言い切るだけの決意と覚悟を持っている……)

ルピス・ローゼリアヌスが御子柴亮真をウォルテニア半島へ封《ふう》じ込めようとしたあの日から、この日が来る事はエレナ自身も朧気《おぼろげ》ながらに予見していた事。

ただ、その日が本当に訪《おとず》れる事になると想像していなかった事も事実だった。

「そうねぇ……先日開かれた夜会に出席すると決めた日から、こうなる事を覚悟はしていたけれどもね……ただ、正直に言えば思う事はあるわ……ね」

そういうと、エレナは静かに窓の外へと視線を向ける。

雲一つない晴天。

蒼空《そうくう》が遥《はる》か遠方まで続いている。

見上げるだけで鳥の様に天まで飛んでいけそうな、そんな空だ。

「いい天気ね……私の心と違って……」

「ええ、本当に……」

力なく零《こぼ》れたエレナの呟《つぶや》きに亮真は静かに頷《うなず》く。

勿論、エレナの中に渦巻《うずま》く葛藤や悩《なや》みは理解している。

その原因が自分自身の決断に因《よ》る事もだ。

しかし、たとえエレナの気持ちが何であれ亮真にも立場というものがある。

（こうなる事態は避けたかったんだが……）

亮真はただ、己と仲間の理《ことわり》と利を守ろうとしているだけ。

避けられるものなら避けたいが、避けようがないのならば、怯《ひる》むことなく進むより他にない。

それに、今のような状況に陥《おちい》った原因は亮真の責任ではない。

全てはルピス・ローゼリアヌスという人間が、己の心の弱さによって御子柴亮真という人間との約束を反故《ほご》にしたその日から始まった事なのだから。

だが、それが何の言い訳になるだろう。

エレナはこのローゼリア王国に文字通り身命を捧《ささ》げてきた人間だ。

だから、亮真にこれ以上の言葉はない。

下手な良い訳や慰《なぐさ》めはエレナを侮辱《ぶじょく》するような気がしたから。

亮真はエレナに軽く頭を下げると、静かに部屋を後にした。

そんな亮真を見送りながら、エレナは一人残された部屋の中で小さなため息をつく。

「この国の民を守る為……か。分かっているわ。何が最善なのかは……その結果、ルピス・ローゼリアヌス陛下がどうなるかも」

御子柴亮真の理想も、その苛烈《かれつ》だが現実的で独創的な手段もエレナは理解している。

だからこそ、エレナは亮真の求めに応じて、夜会の招待状にベルグストン伯爵達《はくしゃくたち》と連名で添《そ》え状《じょう》を書いたのだから。

確かに覚悟は決まっていたのだ。

そう、つい数日前まで……は。

(でも……これが届いた……)

懐《ふところ》から取り出した一枚の封書《ふうしょ》。

その中に入っていた手紙と銀製のロケットペンダントの存在がその覚悟と決意を揺《ゆ》らがせる。

エレナはペンダントの留め金を外し、チャームの部分を開いた。

その中に収められているのは小さな一枚の絵。

それは十数年前に、当時ローゼリア王国一の腕前《うでまえ》と謳われた宮廷《きゅうてい》画家が描《か》いたエレナ・シュタイナーの自画像。

無理に頼《たの》んで描いて貰《もら》った、この世に二つとない品だ。

(須藤秋武《すどうあきたけ》……いったい何者なの？)

手紙の送り主の名が、エレナの心を締《し》め付《つ》ける。

勿論、須藤の名はエレナも知っていた。

初めはラディーネ王女の側役《そばやく》の一人だった筈《はず》が、今ではゲルハルト子爵やミハイル・バナーシュとも親交がある謎《なぞ》の人物。

そして、亮真がザルーダ王国の国王であるユリアヌス一世から警告された組織に属している可能性がもっとも疑われる人物の名だ。

そんな人物からの手紙。

本来であれば無視して捨ててしまうべきだろう。

だが、エレナは捨てられなかった。

このロケットペンダントは、愛娘《まなむすめ》であるサリア・シュタイナーに贈《おく》った誕生日プレゼント。

サリアは当時、このロケットペンダントを常に身に付け、戦場に赴く母親の無事を祈《いの》り続けたのだ。

そう、その身を誘拐《ゆうかい》されるその日まで。

(ごめんなさい……)

それは誰に対しての謝罪だろうか。

一度は主君として認めた御子柴亮真という男への贖罪《しょくざい》か、それとも政争に巻き込まれ無残な死を遂《と》げた筈の娘に対しての悔恨《かいこん》か。

今のエレナには答えを出す事が出来なかった。

だから、エレナはただ一人、椅子に腰掛《こしか》けながら窓の外に広がる空を見上げ続ける。

全ては今夜、須藤秋武との間で行われる会談の場で明らかにされる事を期待しながら。

翌日、ザルツベルグ伯爵邸《はくしゃくてい》の門を数台の馬車が潜《くぐ》った。

その周囲には五十人ほどの騎士達《きしたち》が取り囲んでいる。

勿論《もちろん》、彼《かれ》らの装いは完全武装。

まるで戦場にでも赴こうかという物々しさだ。

そんな彼らが守る馬車自体は、どれも黒を基調とした落ち着いた印象を与《あた》える洗練されたものので、その客車を引く馬も見事な品。体格も良く、そのつややかな毛並みから察するに、愛情をこめてよく手入れをされているのだろう。

品質という観点から言えば最高級品と言っていい。

ただ、全体の造りは堅牢《けんろう》で、威圧感にも似た重苦しい空気を周囲に放っている。

少なくとも、貴族が物見遊山《ゆさん》に用いる様な品でない事だけは確かだ。

もっとも、それは当然の事。

この馬車は貴族院が用意した貴族階級専用の、いうなれば護送車の様な物なのだから。

そんな陰気《いんき》な雰囲気の馬車にふさわしく、空模様は昨日とは打って変わって、今にも雨粒《あまつぶ》が零れ落《お》ちそうな曇天《どんてん》。

それはこれから起こる未来を暗示しているかのようだ。

亮真は軽く空模様を確かめる。

(怪《あや》しい雲行き……か。もう少ししたら荒《あ》れそうだが、問題はこれが吉兆《きっちょう》かどうかだが……さあて)

勿論、天気がどうであろうと、これからの予定は変わらない。

空が晴れていようが曇《くも》っていようが、必要な事を予定通りにやるだけの話なのだ。

だが、だからこそ験《かつ》を担ぎたくなるのが人間なのだろう。

問題は、雨が降る事が吉兆なのか凶兆《きょうちょう》なのか判断が難しい点だろう。

戦国時代、中国地方で覇《は》を唱えた毛利《もうり》の土台を築いた毛利元就《もとなり》が、地方領主から戦国大名へと飛躍《ひやく》する契機《けいき》となった厳島の戦いでは、台風の中で戦った事により少数だった毛利側が陶晴賢《すえはるかた》の大軍を破った。

また、太田牛一《おおたぎゅういち》が記したとされる織田信長《おだのぶなが》の生涯《しょうがい》を記した信長公記《しんちょうこうき》という歴史書には、桶狭間《おけはざま》の戦いにおいて、視界を妨《さまた》げるほどの雨が降ったという記述がある。

織田信長が今川義元《いまがわよしもと》に奇襲で勝ったという説の根拠《こんきょ》の一つだろう。

そういう意味からすれば、雨が戦の吉兆と解釈できない事もない。

勿論、これらの説が事実かどうかは微妙《びみょう》だ。

歴史は基本的に勝者が自分の都合の良いように捏造《ねつぞう》する物。

また、悪意からの捏造ではなくとも、人の記憶《きおく》は意外とあてにならない。

日常生活でも思《おも》い違《ちが》いや勘違《かんちが》いなどざらなのだから。

ましてや、戦国時代における情報伝達手段は極めて限られている。

手紙にせよ人伝《ひとづて》に聞いた話にせよ、その内容が正しい保証は現代人が考えるほど確実ではないのだ。

そうなると、厳島や桶狭間の戦いで実際に雨が降っていたかも分からないし、雨が降る事が本当に何かを暗示していたとしても、その意味は分からないという事になる。

あくまでも、そうらしいというレベルの話にしかならないのだ。

(結局、吉兆も凶兆も本人の解釈次第《かいしゃくしだい》でしかないという事だろうな。まぁ、それが分かっているのに気にする俺も俺だが……)

そんな益体《やくたい》もない事を考えながら、亮真は深紅《しんく》の絨毯《じゅうたん》に導かれるかのようにザルツベルグ伯爵邸の玄関《げんかん》広間を静かに進む。

その数歩後にはメイド服に身を固めたローラとサーラが陰《かげ》の様に付き従い、そのさらに後をユリアやロベルトといった面々が続く。

全員が、先日の夜会に出席した時と同じ、王国貴族として正装した姿だ。

エレナは当然として、あのリオネですらも女騎士《きし》として恥《は》ずかしくない装いを身に着けている位だった。

何しろ、貴族院の召喚《しょうかん》と言えば、日本で言うところの官公庁からの呼び出しに近い。

いや、現状は事実関係の確認という名目ではあるものの、亮真の置かれている立場的な事を考えれば、実質的には裁判所で裁判を受ける様なもの。

そう考えれば、普段のラフな格好で赴こうという方がどうかしているだろう。

だから、当然ながら彼らの主人である亮真も普段とは違っていた。

ほとんど毎日身に着けている黒の上下とは違い、先日の夜会の時と同じ様に、胸元《むなもと》にレースを用いたシャツを身に着け、ジャケットの上からコートを羽織った格好。

まぁ、亮真自身のこだわりがあるのか、服の全体的な色は黒を基調としている。

大地世界における貴族の感覚からすると、一見地味な装いと思う事だろう。

だが、コートの袖口《そでぐち》に金糸と銀糸を用いた刺繍《ししゅう》が入っており、落ち着いた感じでありながらもそれなりに貴族らしい感じも醸《かも》し出《だ》している。

華美《かび》な装飾《そうしょく》がない分、黒塗《くろぬ》りの鞘《さや》に納められた腰の鬼哭《きこく》と相まって、全体的にすっきりとした印象を与えるとも言えるだろう。

いうなれば質実剛健《しつじつごうけん》といったところか。

亮真の周囲を固める警備の兵や、ザルツベルグ伯爵邸の使用人達も普段あまり見せる事のない亮真の格好に興奮気味のようだ。

もっとも、来ている当人はそんな周囲の好意的な反応とは対照的に、居心地《いごこち》が悪そうにしている。

（これが男爵として相応《ふさわ》しい装い……ね。まぁ、前回の夜会に続いて二回目だし、二人が色々と準備してくれた品にケチをつけるつもりはないが……どうにも浮いた感じがするな）

元々、亮真自身は服に対してあまり関心がない性格だ。

勿論、汚《よご》れていたり穴が開いたりしている物を平気で着る様な無精者《ぶしょうもの》ではない。

だが、ブランド品を買いあさったりファッション雑誌を購読《こうどく》したりする様な性格でもないのだ。

服や装飾品《そうしょくひん》に金と時間を費やすよりは、どちらかと言えば武術の修練に時間を費やしたり、美味《うま》い物を食べたりしたいと考える様な人種。

これについては、今どきの女子高生らしくファッションにこだわる飛鳥《あすか》と、共に出かける際にはよく口喧嘩《くちげんか》になったものだ。

とは言え、それはあくまでも現代日本で普通《ふつう》の高校生をしていた時分の話。

流石《さすが》にこの大地世界に召喚され、男爵位まで叙勲《じょくん》されている以上、服装にも注意が必要な事くらいは亮真本人も理解してはいる。

だからこそ、ユリア夫人の仲介《ちゅうかい》によって、城塞都市イピロスの街でこの着慣れない服を特別注文で誂《あつら》えたのだ。

（まぁ、支払《しはら》った金額に見合う品だから問題はないが……ね）

この服を誂《あつら》える為に亮真はかなりの金額を支払っている。

それこそ、大地世界に暮らす平民の平均的な年収どころではない。

伯爵や侯爵《こうしゃく》といった上級貴族ですら、支払うのに躊躇《ためら》うような金額を費やしているのだ。

だが、それだけの金額を支払う価値があった事もまた事実だろう。

そんな事を考えているうちに、亮真は玄関前《げんかんまえ》に止められた馬車の前についた。

すると、一人の男が騎士達をかき分けながら前へと進み出る。

年《とし》の頃《ころ》は四十代半ばといったところか。

ガウン型の法服の様なものを纏《まと》っているところを見ると、貴族院から派遣されてきた職員らしい。

「御子柴男爵閣下ですね。本日ご案内させていただきますダグラス・ハミルトンともうします」

そういうと、男は深々と亮真に向かって頭を下げる。

そんな男に対して、亮真は無言のまま目を細めた。

(恐《おそ》らくは廷吏《ていり》ってところだろうが……嫌《いや》な面《つら》をしていやがるぜ)

一見したところ、男は柔和《にゅうわ》な笑みを浮かべている。

人当たりも悪くはないだろう。

少なくとも、亮真に対して悪意はなさそうに見えるだろう。

だが、その柔和な笑みの中には異物が混じっている。

それは、本当にかすかな違和感《いわかん》。

本人は上手《うま》く隠《かく》しているつもりなのだろうが、その顔には彼の人間性を映し出すかの様に卑しさが滲《にじ》み出《で》ているのだ。

勿論、亮真とて一目見ただけで完全に相手の人間性を見通せるとは言わない。

だが、亮真はこの大地世界に召喚されて以来、それなりに人生経験を積んできた。

その亮真から見て、あまり関《かか》わり合《あ》いになりたくない手合いといえるだろう。

とは言え、貴族院が送り込んできた人間である以上、亮真に拒否権《きよひけん》はない。

（ならここは……）

拒否権がないのであれば、友好的に振舞《ふるま》うしかない。

「そうですか。では、よろしくお願いします」

そう言うと、亮真は内ポケットに右手を一度入れる。

そして、にこやかな笑みを浮かべながらダグラスへ向かって右手を差し出した。

そんな亮真の行動にダグラスは一瞬躊躇《いっしゅんためら》いを見せた。

貴族院が派遣してきた廷吏とはいえ、ダグラス自身の身分はさして高くはない。

貴族階級に属してはいるし、将来的に家督《かとく》を継《つ》ぐ可能性がない訳でもないが、男爵家の当主である亮真とは明らかに身分差がある。

ましてや、このローゼリア王国における廷吏は法廷《ほうてい》の秩序《ちつじょ》を守るという職責以外に、囚人《しゅうじん》などの護送などの雑事や実務も担《にな》う為、同じ司法を司《つかさど》る役所に勤めていても、裁判官などより数段下に見られている。

ダグラス自身も今まで幾度となく嫌な思いをしてきた。

だから、亮真が友好的ともいえる態度を示したことに対して、少なからず驚《おどろ》きを感じたのは事実だった。

とは言え、ダグラスにしてみても亮真の差し出した手を無視は出来ない。

少なくとも今の御子柴亮真は罪人ではないのだから。

そして、亮真の表情からその意図を察したダグラスは、静かに差し出された手を握る。

「はい、それでは馬車に……貴族院までご案内します」

数秒の後、手を離《はな》したダグラスが馬車の扉《とびら》を亮真の為《ため》に自らの手で開いた。

平静を保ってはいるが、右手がもぞもぞと動いているところから察するに、手に残された袋《ふくろ》の中身の感触《かんしょく》を確かめているのだろう。

(これでいい……この男が誰《だれ》の手先で何を企《たくら》んでいるのかは知らないが、これで多少は油断させる事が出来るかもしれない。もし仮に俺の勘が外れており、この男が本当にただの汚職《おしょく》役人でも、それはそれで悪くなる事はないだろうからな。ただ、ハミルトンって家名が少しばかり気にはなるが)

確かに賄賂《わいろ》は道徳的に見て悪い事ではあるだろう。

だが、この大地世界では円滑《えんかつ》な人間関係を構築する必需品《ひつじゅひん》といえるのも確かだ。

それこそ、変な正義感を出して不利益を被《こうむ》るくらいならば、多少の賄賂は大人の知恵《ちえ》とさえ言える。

それに、亮真はこのダグラスが賄賂をもらったからと言って自分に友好的になるとか、今回の一件で何か便宜《べんぎ》を図《はか》ってくれるとは微塵《みじん》も考えてはいない。

仮に便宜を図ってくれたとしても廷吏という立場で出来る事は極めて限られているだろうから。

それよりも大切なのは、ダグラスに誤った認識《にんしき》を持たせる事。

亮真がダグラスを買収して味方につけたと思っていると、彼自身に誤解させる事の方が遥かに重要だ。

そうする事によって、何か見えてくるものもあるかもしれないのだから。

亮真は馬車に乗り込むと静かに目を閉じる。

そして、静かに腰に差した鬼哭の鞘を指で撫《な》でた。

その瞬間《しゅんかん》、亮真に応《こた》えるかのように窓を閉め切った馬車の中を一陣《いちじん》の風が吹《ふ》き抜《ぬ》ける。

まるで、女のすすり泣く様な声に似た風音と共に。

あとがき

殆どいないとは思いますが、今回初めてウォルテニア戦記を手に取ってくださった皆様はじめまして。

一巻目からご購入いただいている読者の方々、四ヶ月ぶりです。

作者の保利亮太と申します。

昨年末からのコロナ禍の所為で、諸々の環境が変わってしまい大変でしたが、無事に十六巻目をお届けする事が出来ました。

色々と大変な時期にもかかわらず、この作品をお手に取っていただき本当に感謝の気持ちでいっぱいです。

この場をお借りして、まず皆様にお礼を言わせてください。

さて、皆様の中にも今回のコロナ禍の所為で、以前と状況がガラッと変わってしまった方もいらっしゃると思います。

私自身、ここ数ヶ月で生活様式が大きく変わりました。

私生活で言うと、友人と定期的にやっていた飲み会はコロナが収まるまで中止になりましたし、食事をするのも一人か少人数に限定。

毎月数本は見に行っていた映画鑑賞も、ここ四ヶ月近く見に行くことも出来ませんでしたし、楽しみにしていたアニメの放送も延期されてしまい、ショックに打ちひしがれております。

一方、仕事の方はといえば、今のところは自宅でテレワーク中ですが、これも中々に難物で困っているというのが正直なところでしょうか。

本職がＩＴ関係である事もあり、リモート勤務に関しては、元々それなりに知識が有りましたし、ネットなどでも賛否両論ある事を知ってはいたのですが、やはり情報として知っているのと、実際に体験するのとでは違うのだと思い知らされる毎日です。

何しろ、チャットやビデオ会議などでやるとなると、これがエライ面倒くさい。

職場ならちょっと離席して本人と話をすれば解決する事が、相手の予定をＷｅｂ上に公開されているスケジュール表から確認してアサインしていくわけで……

慣れてくればそんなに問題もないのでしょうが、如何せん急な事で勤務の実情に即した対応とは言いにくいですしね。

とは言え、ワクチンか治療薬が出来るまでは出勤は避けられるなら避ける方が良いでしょうし、実に悩ましいところです。

まぁ、平社員の私が考える必要はないのかもしれませんけど……

さて、そんな暗い話題はさておき、恒例の見どころ紹介を。

16巻では、いよいよ我らが主人公である御子柴亮真が王都イピロスへ審問を受けにやってきます。

とは言え、周囲からは嫌われてしまっている主人公ですので、のっけから嫌がらせをされる羽目に……

しかし、だからと言ってその場で怒りだす程、我らの主人公は幼稚ではありません。

まぁ、報復しないで済ませる程、穏健派でもありませんが……

今後の事を考えて、その場は大人な対応で流します。

ですが、そんな大人な対応が、逆に周囲の警戒心を呼び起こす事態へと発展。

ミハイルの策謀により、ザルツベルグ伯爵家で開かれた夜会の夜は、一転して血の華の咲き乱れす惨劇の場へと変わります。

と言うのが一番の見どころでしょうか。

その他にも、新キャラである鮫島菊菜の動向に、みんな大好きな老女キャラであるエレナの葛藤などなど、見どころ一杯の十六巻となっておりますので、どうぞご期待ください。

最後に本作品を出版するに際してご助力いただいた関係各位、そしてこの本を手に取ってくださった読者の皆様へ最大限の感謝を。

今後もウォルテニア戦記をよろしくお願いいたします。

著／保利亮太
イラスト／bob
ウォルテニア半島に居を据えた御子柴亮真の躍進は続く——。
2020年秋　発売予定！

コミック版も好評連載中！
漫画：八木ゆかり
原作：保利亮太
キャラクター原案：bob
コミックス
①～⑥巻発売中!!
コミックファイア公式サイト
http://hobbyjapan.co.jp/comic/
ウォルテニア戦記XVII

コミカライズも連載中の
スナイパー英雄譚！
著／かたなかじ
イラスト／赤井てら
漫画：瀬菜モナコ
原作：かたなかじ　キャラクター原案：赤井てら
発売予定!!

魔眼と弾丸を使って
異世界をぶち抜く!
第9巻 2020年秋

HJ NOVELS
HJN09-16

ウォルテニア戦記XVI

2020年7月22日　初版発行

著者――保利亮太

発行者―松下大介

発行所―株式会社ホビージャパン

〒151-0053
東京都渋谷区代々木2-15-8
電話　03(5304)7604（編集）
　　　03(5304)9112（営業）

印刷所――大日本印刷株式会社

装丁――coil／株式会社エストール

ISBN978-4-7986-2249-1　C0076